《ミッション それは
最悪の出会いだった》
青春相手と出会う為、凪野ユウケイは放課後の屋上で寝そべって待っていてください。
今日の放課後、あなたの青春相手がそこへやってきます。
「……凪野……くん……？

花宮《はなみや》 花《はな》
いつもクラスの中心で微笑んでいる、
優等生な女の子。
彼女がアプリを通じて
叶えたい願いとは――。

彩崎朱音《あやさき あかね》
明るくて快活、先頭に立って人を引っ張る
アネゴ肌タイプの女の子。
情に厚いが思い込んだら
一直線な面がある。
凪野夕景《なぎの ゆうけい》
過去のトラウマにより、
周囲から一歩引いたスタンスで
高校生活を送っている。
不思議な『青春マッチング
アプリ』を切っ掛けに、
人とのかかわりが増えていく。

「あれ？　そこにいるのユウにい？
なにやってんのこんなトコで」
突然俺たちの間に割って入って来たその声に
花宮は俺からパッと離れた。
速瀬三月《はやせ みつき》
ちょっと勝気な後輩女子。
夕景の幼馴染で、
彼のトラウマに
かかわっているようで――。

青春マッチングアプリ 1

江ノ島アビス

HJ文庫
1166

口絵・本文イラスト　植田亮

1

Adolescent Matching Apps

CONTENTS

AOHAKO

青春力テスト　問一

あなたの青春に値段を付けるとしたらいくらですか？

正しい青春の過ごし方ってのは、一体どこで教えてくれるんだろう。

深夜二時。

自分の部屋のベッドにだらりと寝転《ねころ》びながら、スマホをいじる。目的はない。

凪野《なぎの》夕景《ゆうけい》。十六才。もうすぐ高二。

スマホのあかりに顔を照らされながら、俺《おれ》は悩《なや》んでいた。

高校一年から二年になる春休みもすでに半分が終わった三月三十一日。長い休みのせいでだらけた生活リズムに慣れきった体はこの時間でも全然眠《ねむ》くならず、かといって特にやるべきこともなければやりたいこともない。

「俺の青春って、こんなんでいいのか……」

なんとなくスマホを触《さわ》り、なんとなく始めた流行《はや》りのソシャゲを立ち上げてはスタミナが切れていることを確認《かくにん》してまたオフにする。いつも見ているサイトも全部見た。動画サイトも面白《おもしろ》そうなものは見つくした。

「このままじゃ、なんか違《ちが》うんだよな……」

俺は、決してつまらなくはなかった高校一年の時の出来事を順番に振《ふ》り返っていく。

入学式に定期テスト。夏休みに、体育祭や文化祭なんかの学校行事。部活はどこにも入ってないが、友達だっていないワケじゃない。

でも——

思い出に残ってることが全くないのだ。

原因は分かってる。

高校に入学した俺は、青春の正しい過ごし方が分からなかった。だからまず、何事も無難に過ごそうと決めた。普通《ふつう》にしておけばまず間違《まちが》いはないだろう……と。

集団に溶《と》け込《こ》み会話を合わせ、同意できないことにも同意し、興味のないことにも興味があるように振舞《ふるま》った。

もともと目つきが悪いせいか、普通にしてると怒《おこ》ってると勘違《かんちが》いされることも多かったが、そのたびにやんわりと否定した。見た目も十人並みで背格好も平均的。溶け込むにはちょうどよかったんだろう。そのうち友人と呼べるような存在も出来た。

……でも、そうやって過ごす時間がそれほど楽しいとは思えなかったのだ。

だから、そんな友人たちとも周囲からぼっち認定《にんてい》されないくらいの、つかずはなれずの距離感《きょりかん》で接するようになった。

んで、その結果がこれだ。

俺は無事に無難な高校一年生を終えたのだ。実に無難な一年間だった。無難すぎてなにも思い出がない。

「適当な部活にでも入っときゃ違ったかな……。いや、多分そうじゃない――」

付き合う友達が違ってただけで、きっと大きな部分では大差なかったんだろう。

問題はもっと根本的なこと。

「正しい青春の過ごし方って、いったいどうすればいいんだ」

正解なんて有るはずもない疑問が俺の口から零《こぼ》れた。

映画やマンガに出てくる高校生たちはみんなキラキラとした青春を謳歌《おうか》してる。

恋《こい》に！　仲間に！　部活に！

彼《かれ》ら彼女《かのじょ》らは、今この瞬間《しゅんかん》が人生のピークだ！　とでも言わんばかりの熱量で目の前の出来事に一喜《いっき》一憂《いちゆう》し、笑いあい、燃え上がり、時にすれ違い傷つきながらも爽《さわ》やかで前向きな青春を過ごしてる。

一方、高一の一年間、全てを無難にやり過ごした現在の俺が持ってるモノといえば……。学年で真ん中くらいの成績！　人畜《じんちく》無害《がい》で地味目なポジション！　そして、スタミナの切れたソシャゲ！　……である。

そのソシャゲにすらあまり興味も持てない始末。

物語の中に出てくる青春高校生たちが見たらきっと、そっと目を逸《そ》らすだろう。

俺、全ッ然青春してねぇ。

でも、みんなこんなもんなのかもな。

周りを見ても一部の目立つヤツら……なにかの物語の主人公みたいなヤツらを除いては、みんな似たり寄ったりの青春なんだと思う。

なにかに情熱的に取り組んでるヤツなんてごく一部だし、恋人《こいびと》が出来てもインスタント感覚ですぐに別れたりくっついたり。

高校生だからといって無条件に物語のような青春など送れるワケがない。きっとそうだ。そうに違いない…………でも、本当にこのまま……無難な高校生活を送り、無難に卒業していくだけでいいのか……？

ベッドにだらっと寝《ね》そべりながら、理想の高校生活について思いを馳《は》せる。

……そもそも青春ってなんだ？　なにがどうなれば青春なんだ。仲間がいたら青春か？恋人がいたら青春か？　いや……きっとそんなんじゃない。でも、それじゃあ……青春ってなんだ…………なんなんだよ！

真っ暗な部屋。自分で自分のことがわからないもどかしさにベッドの上で体をじたばたさせる。

「クソッ……！」

頭の中がぐじゃぐじゃになりながら、正しい青春の送り方について考えた。でも……結局答えは出なかった。

こんなこと考えてても仕方ない。そろそろ寝ないとまた昼過ぎまで寝て一日を無駄《むだ》にしてしまう。そうわかってはいながらも、今日は眠る気になれなかった。三月も今日で終わり。起きたら明日が来てしまうからだ。

明日から四月という希望に満ち溢《あふ》れた雰囲気《ふんいき》が勝手に充満《じゆうまん》しはじめる月になるってのに、こんな気持ちで眠ったらまた来月もきっと同じことの繰《く》り返しだ。

そしたら、それが十二か月続くだろ？　んで一年後の今日もこうして同じように悩んでるんじゃねーかな。

なにかしらの答えを見つけるまで明日を迎《むか》える気になれなかった俺は、ふと思い立ち、スマホをネットにつなぐと検索窓《けんさく》にとある一文を打ち込んだ。

『青春ってなんだ？』

こんなもんで答えが得られたら苦労なんてないよな……と、半ば自嘲《じちょう》気味に表示された検索結果を確認していく。

なんでもいい。間違ってても、どんなに的外れでもいい。

なにかの答えが欲《ほ》しい。

ずらっと縦に並んだ結果を飛ばし飛ばしで読んでいく。

青春という単語の説明に始まり、青春を題材にした作品の紹介《しょうかい》ページ。その後に、青春エピソードの投稿《とうこう》記事などが続き、やがて、ほとんど青春とは何の関連もないようなリンクが並び始めた。

「こんな言葉検索しても意味なんてないのにな。青春の答えなんて出てくるはずない……

……ん？　なんだ……？　コレ……」

数百件ほど飛ばし読みし、すでに全く関係ない結果が並んでいる中に、ソレはあった。

他の検索結果が見出しとその下に数行の説明文が書いてあるのに対し、ソレはたった四文字のカタカナのみ。見出しの文字が表示されているだけだった。

俺が検索した言葉もどこにも含《ふく》まれておらず、たった四文字のカタカナだけが白い背景に青い文字で映し出されている。

《　アオハコ　》

説明の一切《いっさい》ないリンクに逆に興味を引かれ、アオハコと書かれた青い文字をタップする。

暫《しばら》くして画面が切り替《か》わる。

シンプルなページだった。

真っ白な背景の中央に、箱を模したような図案のアイコンが小さく浮《う》かんでいる。道路標識や地図記号みたいな、シンプルに図案化され青一色で描《えが》かれている箱のアイコンがひとつ。真っ白な背景の中にぽつんと浮かんでるだけ。青い箱のアイコンの他にはなにも書かれてない。シンプルを通り越《こ》して目的すら分からないサイトだった。

「なんだこのページ……。この箱をタップすればいい……のか……？」

青い箱をタップすると、画面の中央で浮かんでいた箱がアニメーションでゆっくりと開く。そして、箱が開ききると画面が切り替わり、さっきまでと同じ白い背景のシンプルなページに文字だけが表示された。

スマホの画面以外、あかりのない真っ暗な自分の部屋。頭の中のもやもやが部屋を埋《う》め尽《つ》くしてるような息苦しい部屋で。時刻は二時半。俺はベッドに寝転びながら、スマホの画面に映し出された不思議なサイトを凝視《ぎょうし》する。

画面の一番上にはこう書かれている。

《　青春力テスト　》

設問と、その下には回答用のリンクが並んでいる。

問一　あなたの青春に値段を付けるとしたらいくらですか？

［　0円　］［　1円～10万円　］［　10万円～100万円　］［　100万円以上　］

「青春力テスト？　なにかのアンケート……か……？」

そう呟《つぶや》きながら画面を良く見てみるが、設問と、回答用のリンク以外なにも書かれていない。

普通、アンケートならなにか目的があったり、集めた情報をどうするのかが書いてあるハズ。心理テストや自己診断《しんだん》みたいなサイトでも趣旨《しゅし》くらい書いてありそうなものだ。

だが、このアオハコというページにはなにも情報がない。真っ白な背景に青色の文字。

それと、一番最初に見せられた青い箱のアイコン以外、なにも書かれていない。

それに、検索結果もあんなに下位だった。

まぁ……青春てなんだ？　なんて検索するヤツなんてそうはいないだろうからな。

きっと、誰《だれ》かが遊びで作ったテストページのようなものがたまたま引っかかったのかもしれない。

考えが煮詰《につ》まっていたこともあり、ちょっとした遊びのつもりで問一に回答した。

「俺の青春に値段……か。こんな青春とも呼べない一年間に値段なんてつくワケねーか……。金払《はら》うから引き取って欲しいくらいだ」

俺は自嘲気味に［　０円　］をタップする。

すると画面が切り替わり。

問二　あなたには好きな人がいます。あなたの親友がその人のことを好きだと思っているることを知ってしまったら、あなたはどうしますか？

［　親友を応援《おうえん》して身を引く　］［　親友より先に好きな人に想《おも》いを伝える　］

［　同じ人を好きになってしまったと親友に打ち明ける　］［　なにもしない　］

恋を取るか、友情を取るか、みたいなことか……。

設問みたいな状況《じょうきょう》になったとき、俺ならどうするかを考えた。

自分の気持ちを抑《おさ》えてまで誰かを応援するような自分の姿が想像できなかった。かといって、誰かを出し抜《ぬ》いてまで伝えたいような強い気持ちで人を好きになった事など今までなかった。

しばらく考えた後、俺は［　なにもしない　］をタップした。

……そこから選択式《せんたくしき》の問題がしばらく続いた。

そのどれもが青春に関するものだった。

誰もいない部屋でひとり、俺は青春力テストとやらを解き進めた。最初のウチはすぐに終わると思っていたこのテストも、三〇問が過ぎ、六〇問を超え、九〇問を超《こ》えたころにはいい加減やめたくなっていた。

「長すぎる……。一〇〇問までいってなにもなければ終わりにするか……」

どこまで解いても終わりが見えない。目的も分からない。きっと誰かが適当に作って削《さく》除《じょ》し忘れたテストページなんだろう。ここまでたどり着いたヤツなんて製作者くらいのもんじゃないか？　それか、よっぽど青春に悩んだヤツか…………と思い、自分がその一人だと気付くと乾《かわ》いた笑いが漏《も》れた。

そして、問九九に答え終わり、画面に問一〇〇と映し出されると……この問題だけはこれまでと様子が違っていた。

これまでの設問に比べ問題文が長く、回答方法も選択式ではなくて記入式だった。

問一〇〇

あなたの目の前に青春と書かれた箱があります。

その中には青春の全てが入っています。

それは、友達と過ごす時間だったり、部活に情熱を燃やす時間だったり。

ほのかな恋の甘酸《あまず》っぱさだったり。

それは、若さゆえの無力さだったり、胸が締《し》め付けられるような片思いだったり。
世界からポツンとひとり取り残されているような孤独《こどく》感だったり。
あなたは今からその箱の中に手を入れ、中に入っている色とりどりの青春をかき混ぜ、
コレだと思うひとつを手のひらに握《にぎ》り、思いを込めて取り出してください。
その時、あなたの手の中には何が握られていましたか？

「目の前に箱……か」

この問題まではちゃんとつきあってやろうと思っていたので、少々面倒《めんどう》だったけど問題にちゃんと向き合うことにした。

真っ暗な部屋で想像する。

目を閉じて、問題文の通り箱を思い浮かべる。しばらく前に見たこのサイトのアイコンである青い箱が浮かんだ。

続いて、その箱の中に青春の全てが入っている場面を頭に描く。

熱い青春。淡《あわ》い青春。つらい青春。

想像の中で俺は、青い箱の中に手を入れかき混ぜる。

手のひらに。手の甲《こう》に。箱の中の青春が触《ふ》れた気がした。

熱かったり。柔《やわ》らかかったり。冷たかったり。鋭《するど》かったり。

しばらくかき混ぜた後、青い箱の中から俺は一つを掴《つか》み、引き上げ、顔の前に持ってきて目を開き――

俺は、記入欄《きにゅうらん》にいま見えたモノを素直《すなお》に、見えたまま書きこんだ。

［　無色で透明《とうめい》のなにも書かれていない小さな玉　］

想像の中の俺が自分の手のひらを目の前に持ってきて、箱の中から掴んだなにかを目の前にかかげ、そっと目を開いた時、向こう側が透《す》けて見えたんだ。
手のひらの感触《かんしょく》からそこになにかがある事だけはかろうじてわかったけど、それは完全な透明色だった。熱くもなく冷たくもなく。手のひらに乗せていることに心地《ここち》よさも不快感もない。

ただ、ある。それだけ。

そんな……あってもなくてもいいようなものが、ぽつんと俺の手の中にあった。

だからソレをそのまま書きこんだ。

『お疲《つか》れ様《さま》でした、結果は追って連絡《れんらく》いたします』

すると、こんなメッセージが表示され、それもすぐに消えた。

今はただの真っ白な背景のみが、真っ暗な部屋を煌々《こうこう》と照らすスマホに映し出されている。

時刻は午前三時半。

さっき想像の中で手のひらにあったものを思い出し、なんとも言えない気持ちに襲《おそ》われた。散々設問に答えたのに、結局よく分からなかった徒労感とか腹立ちが無いわけではない。

だけど……。

「あの無色透明《むしょくとうめい》で熱くも冷たくもない、あってもなくてもいいようなモンが俺の青春……なのか……」

目を背《そむ》けていた事実を突《つ》きつけられたみたいで、やりきれない気持ちのまま目を閉じる。

結局、俺の青春なんてそんなもんなのかもしれない……。

忘れよう。時間を無駄にしたもう眠ろう。

スマホをオフにし、枕《まくら》に頭を預け目を閉じる。目を閉じてからもしばらく、まぶたの裏にはさっきの青い箱が浮かんでいた。

翌日。目を覚ました俺はスマホに届いたひとつの通知を見て驚《おどろ》くことになる。
差出人は《アオハコ》
通知の内容はこうだ。

青春マッチングアプリ　アオハコ　のインストールが完了《かんりょう》しました。

《 それは、最悪の出会いだった 》

だった

放課後の教室は青春が溢れてるみたいだ――

高校二年、四月の放課後。

クラス替《が》え後のよそよそしい雰囲気がようやく落ち着いてきた教室では、クラスメイトたちが思い思いに過ごしている。カバン片手にこれからどこに遊びに行こうか相談しながら教室を出て行こうとしているグループに、部活へ向かう為身《ためみ》支度《じたく》をしてるグループ。クラスの真ん中に陣取《じんど》り、楽しそうに会話に花を咲《さ》かせてるグループ。

そんな、今にも窓から青春が溢れ、零れ落ちそうな教室で俺は、ひとり静かに自分の席でスマホの画面をじっと見つめていた。

画面にはこう表示されている。

マッチング相手が見つかりました。

ミッションが届くのをお待ちください。

俺が今なにを見ているのかというと、先日、俺のスマホに勝手にインストールされていたアプリだ。名前をアオハコというらしい。

白い背景に青い文字。シンプルな画面にはいくつかのメニューが表示されていて、俺が今見てるのは「　現在の状態　」というメニュー。

これがつい昨日まで「　マッチング相手を検索中です　」だった。

三月の終わり。夜中に青春に悩んで頭をぐしゃぐしゃにしながら半ばヤケクソで答えたアンケートの翌日、俺のスマホに勝手にインストールされたアプリがこのアオハコだ。最初はなにかのウイルスにでも感染《かんせん》したのかと思いアンインストールを試《ため》したが、なぜかスマホから削除できなかった。

その後俺がどうしたかというと、今と同じように仕方なくアオハコというアプリを立ち上げてみた。

白い背景にぼんやりと青い箱のアイコンが浮かぶ。

アンケートサイトで最初に見たあの箱だった。

青い箱がパカッと開くと、中からいくつか文字が飛び出し画面に並んでいく。画面の下部はメニューになっていて、左から順番に［　ホーム　］［　ミッション　］［　現在の状態　］［　報酬《ほうしゅう》　］［　設定　］とある。

画面の上部には何処《どこ》でどうやって調べたのか、俺の名前である［　凪野《なぎの》ユウケイ　］と、その右側には［　400SP　］という表記。

ソシャゲの画面みたいだな、と最初開いたとき思った。

画面中央にはなにもなく、白い背景に例の青い箱のイラストが描かれているだけ。

それが、アオハコの全てだった。

そして、それから数週間。俺のスマホに勝手に住み着いて出て行かない居候《いそうろう》みたいに、アオハコはずっとインストールされっぱなしだった。

だけどそれで終わり。

それっきりアオハコからはなんの通知も来なかったし、現在の状態もずっと待機中としか表示されていなかった。

それが昨日の夜、アオハコから初めて通知が来た。待機中から状態が変化したのだ。

そして今日。俺は放課後の教室でひとり、アオハコのアプリを立ち上げ眺《なが》めている。

「この後どうなるんだ……ミッションってのが来るんだっけ？　もう一度説明見とくか」

メニュー欄《らん》から設定を選び、その中から説明をタップすると、直《す》ぐに画面が切り替わる。


この度は青春力テストに回答いただきありがとうございました。

あなたは青春マッチングアプリ　アオハコ　のベータテスターに選ばれました。

アオハコは、あなたにとっての理想の青春相手を探し、あなたとマッチングいたします。

アプリがインストールされましたら、青春力テストでお答えいただいた回答を元に理想の青春を送るための青春相手とマッチングを開始します。

青春相手とマッチングしたら、アオハコからあなたが理想の青春を送るためのミッションが与《あた》えられます。

ミッションの状況はアオハコがインストールされたスマホの振動《しんどう》センサーや周囲の音声データ、GPS信号等の生体信号を用いて総合的にアオハコが判断し採点します。

ミッション進行中は必ずスマホを携帯《けいたい》してください。

また、ミッションとは無関係な時には情報は収集されませんのでご安心ください。

ミッションを達成して頂くと青春ポイント《SP》が獲得《かくとく》できます。

青春ポイントは様々な特典と交換《こうかん》できます。詳《くわ》しくは報酬の画面にてご確認ください。特典は随時《ずいじ》追加予定です。

また、初期ポイントとして500SPを付与《ふよ》いたします。

ミッションが達成できなかった場合や、ミッション中に与えられる指示に従えなかった場合はSPが減算されます。

SPがマイナスになってしまうとベータテストへの参加権を剥奪《はくだつ》されますのでご注意ください。


なお、アオハコのベータテスターであることを参加者以外の方に漏らした場合は、その場で参加権が剥奪され、それまでに獲得したSPも消滅《しょうめつ》しますのでご注意ください。

ご利用者様の行動、および言動は正式リリース時の参考とさせていただきます。

それではアオハコで理想の青春をお過ごしください。

アオハコはあなたに正しい青春を提供します。

これの他には、普通は書いてある運営する会社名も、問い合わせ先も、なにも書かれてなかった。

この説明文を信じるのなら、俺は、あの謎《なぞ》のアンケートの様な青春力テストとやらに答えた結果、このアプリのベータテスターに選ばれたってことになる。しかも、地味で平凡《へいぼん》な青春とは縁遠《えんどお》い高校生活を送っている俺を、理想の青春を過ごせる青春相手とやらとマッチングしてくれるらしい。

そもそも青春相手ってなんだよ。友達とか恋人ってならわかるけど。

最初はこのアプリをどうにかしてアンインストールする方法がないかいろいろ試してみた。だけど、普通の方法では削除できなかった。

次に考えたのは、これがなんなのかってことだ。

ネットでコイツに関する情報を調べてみたけど、一切と言っていいほどアオハコに関する情報は出て来なかった。もしコイツがなにかの詐欺《さぎ》やウイルスなんだとしたら、ネットで情報くらい出てくるはず。それが全く出てこなかったのだ。

それに、俺が答えた青春力テストってサイトも、なぜか、もう二度とたどり着けなかった。同じ言葉で検索してみても、あの夜と同じサイトにはつながらなかったのだ。

勝手にインストールされた謎のアプリ。

携帯ショップに出かけて相談するか、スマホの機種変でもするか……それとも――

暫く悩んだ末、俺は結局、スマホの中のアオハコをそのままにしておくことにした。

理由はふたつ。

ひとつは、ネットで情報が出て来ないということは詐欺やウイルスの可能性は低く、もし仮にウイルスの類だったとしても、俺に抜かれて困る情報なんてないこと。クレジットカードも持ってなければ、銀行口座も登録してない。情報が漏れるにしてもネットの検索結果くらいのもんで、別にどこのだれとも知らないヤツに、俺の閲覧《えつらん》したサイトがばれるくらい問題ないだろうと思った。

そしてもうひとつ。

『アオハコはあなたに正しい青春を提供します』

この一文が俺の心にひっかかったのだ。

もしこのアオハコってアプリの言ってることが本当なら、俺が正しい青春を送る手伝いをしてくれるらしい。アオハコを使えば、この無難で無味乾燥《むみかんそう》とした高校生活から抜け出せる……かもしれない。そう思ったのだ。

そう決めた俺が次にやったことは《説明》に書いてあることが本当なのかを確かめることだった。

アオハコのメニュー欄から［　報酬　］をタップする。

画面が切り替わり、一番上に表示されていたのは《100SP　100円》という表記と、その右に［　交換　］のボタン。

その下には300SP、500SP、1000SPと続き、それ以降は万単位のSPが並ぶ。どれも1SP1円換算《えんかんさん》となっていた。十万SPなら十万円。百万SPなら百万円といった具合だ。

注釈《ちゆうしやく》として《お好きな電子マネーにチャージできます。銀行口座を登録すれば現金とも交換可能です》とも書かれてあった。

俺は試しに、初期ポイントの中から100SPを交換してみることにした。

［　交換　］ボタンをタップすると画面が切り替わり、どの電子マネーにチャージするかの選択《せんたく》画面になった。普段《ふだん》使ってる鉄道系のカードを指定すると、カードナンバーの入力画面になり、入力を終えると《交換されました》と表示された。

後日確認してみると。そこには、きっちり百円分の残高が増えていた。

それからしばらくはアオハコのことを気にして過ごしていたが、連絡は来なかった。そしてアオハコのこともすっかり忘れ、いつも通り地味で無難な学校生活に勤《いそ》しんでた昨日の夜、マッチング相手が見つかりましたという通知がきた。

でも――

「……んで、俺はどうすればいいのよ。ミッションっての、まだ来てないんだけど？」

スマホに話《はな》し掛《か》けるが当然返事はない。

教室のはしっこでひとりスマホに話し掛けてる俺とは対照的に、教室の中央ではクラスの中心的なヤツらが楽しそうに会話に花を咲かせていた。

楽しそうに話したり、スマホを自分たちに向け、はしゃいだ姿を動画に撮《と》ったりしてる。

男女何人かで構成されたそのグループは全員が全員、楽しそうに顔をキラキラさせていた。まさに青春真《ま》っ只中《ただなか》って雰囲気。

そんな時、その中の一人に目にとまった。

ストレートの長く黒い髪《かみ》に、すらっとした手足。ぱっちりとした目鼻立ちの整った顔。柔らかく笑う優《やさ》しい笑顔《えがお》は、見ているこちらまで優しい気持ちになってくる。

花宮花《はなみやはな》。

もしこのクラスで『クラスの中心人物をひとり挙げてください』というアンケートを取ったら、間違いなく満場一致《まんじょういっち》のダントツトップで花宮の名前が上がるだろう。

眉目秀麗《びもくしゅうれい》にして才色兼備《さいしょくけんび》。それだけならただの容姿に優《すぐ》れた優等生でしかないのだが、花宮のすごいところはなぜか常に周りに人が集まっているところだった。彼女の周りにはいつも人が集まり、集まってきた人間はああしてキラキラと楽しそうに笑っている。

それだからか、なにかクラスのもめ事や困りごとがあるとまずは花宮へ相談を持ちかけるのが通例みたいになっていて、花宮はそれを上手《うま》い具合に、誰も傷つけず解決してしまう。

たまにいる、誰がなにを言い出したワケでもないのに、自然とソイツに視線が集中し、気が付けばみんなのまとめ役に収まっているような人を引き寄せる力を持ってるヤツ。

それが花宮だった。

実際、性格だってとってもいい……らしい。接点がないから直接は知らないんだけどな。それでも、漏れ伝わってくる彼女の話はどれも彼女をたたえるものだった。

クラス替え発表の日。一年の頃《ころ》同じクラスだったヤツに、花宮と同じなんて羨《うらや》ましいなと声を掛けられたくらいだ。

学年問わず、花宮に告白をしては見事玉砕《ぎょくさい》したという男子の噂《うわさ》をしょっちゅう耳にする。

俺とは対照的にいつも周りに人がいて、その真ん中でキラキラと優しく微笑《ほほえ》んでいる。

まるで、青春物語の登場人物みたいに。

「アッチはきっと正しい青春ってやつを送ってるんだろうな。でもまぁ、俺には関係のない話……ってことで、早くミッションってのが届かな……………ん?」
ひとりでぶつぶつとスマホに話し掛けていると、ちょうど手の中のスマホが震《ふる》えた。
アオハコのトップ画面。その中央にこう表示されていた。

おしらせ

新しいミッションが届いています

慌《あわ》ててその「おしらせ」をタップする。
すると、白い背景に青い文字でこう書かれていた。

ミッション それは最悪の出会いだった
青春相手と出会う為《ため》、凪野ユウケイは放課後の屋上で寝そべって待っていてください。
今日の放課後、あなたの青春相手がそこへやってきます。

◆

春のよく晴れた青空と温かな風が俺の髪を揺《ゆ》らす。耳には遠く校庭で部活に励《はげ》む生徒たちの声。ぽかぽかとした日差し。

アオハコの指示に従い半信半疑で屋上に上り、こうして青春相手ってやつを待っている。あおむけに寝そべり、両手を頭の下に置き空を見上げる。

目の前に広がる青い空。

「青春相手なんてホントに来るのかよ…………」

アオハコを作ったどこかの誰かが、怪《あや》しげなアプリにまんまと騙《だま》された冴《さ》えない男子高校生を観察して笑ってたりするんじゃねーかな……などとぼんやり考えていると、その時は突然《とつぜん》やってきた。

屋上へと通じるドアがガチャリという音をたてる。

寝そべったままの体勢で音のした方を見ると、そこにはひとりの女生徒の姿があった。

長く黒い髪にスラリと伸《の》びた手足。細身の体を包む制服のスカートが、春の風に揺れている。彼女は、どこか緊張《きんちょう》した顔で何かを探すように顔を左右にふり、片手をドアに、もう片方の手を控《ひか》えめな胸の前でギュッと握っている。

長く黒い髪がふわりと風に揺れ、片手で軽くかき上げる。

彼女はそっとドアを閉めると、おそるおそる屋上に足を踏《ふ》み入れた。周囲の様子を確認《かくにん》するように顔を左右に振り、やがて俺《おれ》に気が付くと、一瞬《いっしゅん》驚《おどろ》いたような顔でぽつりと口を開いた。

「……凪野……くん……？」

驚きと緊張がちょうど半分半分くらいに混ざったような顔で俺の名前を呼んだのは——

——花宮ハナだった。

花宮は俺の存在に気が付くと、ゆっくりとこちらへ歩いて近づいてくる。

花宮？　もしかして彼女が俺の青春相手……ってことはないだろうな。

もしアオハコが青春相手とマッチングさせてくれる機能を持っていたとしても、クラスの中心のそのまた中心のような彼女が俺とマッチングするハズがない。

きっと花宮は別の用事でここに来たんだろう。誰かを探してた様子だったし、もしかしたら誰かから告白される為に呼び出されてたりするのかもな。学年問わずしょっちゅうアタックされてるらしいし。

花宮の表情を見ると、彼女はどこか不安そうな顔をしている。

あの顔は、きっとそういうことなんだろう。自分を呼び出して告白をしようとしてる男子は誰なのか不安なんだろう……ってことは、もしかして俺が花宮を呼び出したと勘違《かんちが》いされてるのか？

そういや、さっきの『……凪野……くん……？』にはそんなニュアンスが含まれていたような気もするな……。

俺は俺でここに用事があるんだが、取り敢《あ》えず誤解だけは早めに解いておいた方がいいだろう。

屋上に寝そべっていた体を起こしながら、近付いてくる花宮に話し掛ける。

「花宮、屋上に用事か？　実は俺もなんだけど……あー……でも、別に俺が呼び出したんじゃ――――」

花宮へ説明しながら起き上がろうとした俺を、花宮が突然、鋭い声で制した。

「待って凪野くん、ストップ！　そのまま動かないで！　もし違《ちが》ってたら悪いんだけど……多分、そのまま動かない方がいい」

起き上がりかけた俺を見た花宮は、突然慌《とつぜんあわ》てたようにその場で立ち止まると片方の手のひらを俺の方に突き出し、真剣《しんけん》な表情で俺の動きを止めた。

あまりの勢いに起こしかけた体を中途半端《ちゅうとはんぱ》な体勢のまま止める。

花宮は尚《なお》も、教室では見せたことがないような真剣な表情で起き上がりかけた俺を止めようとしていたが、俺がピタッと動きを止めたことに安心したのか、手を下ろしこちらへ近付いてくる。

「いい？　そのままの姿勢で動かないで……！　いい……？」

その声が。顔が。あまりにも真剣だったので俺はなにも言えなくなり、起こし掛けた体勢で首だけを一度、ゆっくりコクリと動かした。

花宮は俺の足元の方へ近付き、やがて、俺を見下ろすような位置で止まる。

春の風に揺れるきれいな髪。

「凪野くん……なのか……。うん……そっか。えっと……それでね……私……いろいろ考えたんだけど……」

やっぱりだ。

今の『凪野くん……なのか……』って、（私をここに呼びだしたのは）凪野くんなのか、だよな。俺がさっき想像した通り、俺が花宮に告白するためここへ呼び出したんだと思われてる。

だからその次のセリフはきっと『いろいろ考えたんだけど（考えるまでもないけど）お友達のままで（いままで友達ですらなかったけど）いましょう』だろう。

おおかた、誰かが花宮の靴箱《くつばこ》とか机の中に匿名《とくめい》でここへ呼び出す手紙でも入れたんだろうけど、呼び出したヤツどこいったんだ。呼び出しておいて女の子を待たせんなよ。

こんなことを考えていた俺は、この後の花宮の言葉に思考が一瞬《いっしゅん》止まった。

「それで……私、いろいろ考えたんだけど………今から凪野くんに目隠《めかく》しをしたいんだけど、なにかいいモノ持ってる？」

「いや、ちょっと待ってくれ誤解だから。ここに花宮を呼び出したのは俺じゃなくて誰か他のヤツだと思………あ？　今、なんて……？」

「だから、い、今から目隠しをしたいのよ……凪野くんに。それで、どんな方法がいいか聞いたんだけど、やっぱり凪野くんのネクタイかな………って……」

そう言いながらどこか照れたように頰《ほお》を赤らめる花宮。

突然なに言ってんだこの人。

目隠し？　俺に？

俺が頭の上から大きなハテナをいくつも浮かべていると、それに気が付いたのか花宮が言う。

「お、怒《おこ》ってる……？」

「いや、もともとこういう顔で……ってか――」

疑問が多すぎたからか、ただでさえキツい目つきが余計にキツくなってしまっていたようだ。俺は口元に超優しい微笑みを浮かべようと口をひん曲げながら花宮の方を見る。

「――――ってか、怒っちゃいないが…………いまなんて？」

「確認なんだけど、それ……笑顔……だよね？　怒ってないならよかった……。うん、だからね……め、目隠しして欲《ほ》しいのよ……凪野くんに」

花宮はそこまで言うと、何かに気付いたように少し考え、俺の方を怪訝《けげん》そうに見る。

「もしかして…………届いてない……？　なんていうか……あの……その……」

言いにくそうにしている花宮。

目隠しとかワケのわからないことを言い出した花宮は続けざまに意味不明なことを口にしている。

もしかして俺のさっきの想像は全部間違《まちが》ってるのか？

花宮は誰かにここに呼びだされたワケではないんだろうか。それに……『届いてない？』っていったい……と考えて、俺にはひとつ心当たりがあった。

俺にも届いてるものがある。

それは――――ミッションだ。

俺のスマホには今日、アオハコからの青春ミッションが届いていた。

ひょっとしてソレのことを言ってるのだろうか。

——とすると、つまり……俺の青春相手は……花宮……なのか……？

俺は目の前で言いにくそうに言葉を探してる様子の花宮を見ながら考える。もし花宮が俺とマッチングした相手だったとして、それをストレートに言えない理由はなんだ。

あんな胡散臭《うさんくさ》いアプリのことをどこまで信じればいいかわからないが、確か、アオハコの説明文にこうあった。

《参加者以外にこのことを話した場合、即時《そくじ》参加資格が剥奪される》

マッチング相手の氏名はアプリには表示されていなかった。

俺からは誰がマッチング相手かわからないように、俺の相手もまた、誰とマッチングしたかがわからないはず。仮に花宮がベータテスターであり、俺とマッチングしていたとして。花宮視点では、もし俺が参加者ではないのなら、具体的に話してしまった時点で参加資格が剥奪される。それを恐《おそ》れ、こういうモヤっとした言い方しかできなくなっているのではないか。

だから今みたいに奥歯《おくば》にモノが挟《はさ》まったような言い方になってるんじゃないのか？

確かにさっきの花宮は、慎重《しんちょう》に、なにかを確かめるようにしてるみたいな発言だった。

そして俺は気が付く。今考えたことは、そっくりそのまま自分にも当てはまるのだ。

少しばかり考え、さっきの花宮と同じようにモヤッとした言い方で返す。

「あー……ってことは花宮が……俺の、その……なんて言うか……」

具体的な言い方を避《さ》けると、やっぱり俺もこんな表現になってしまった。

二人の間におかしな緊張感が漂《ただよ》い始める。

互《たが》いに口をパクパクさせながらなんとか直接的な表現にならないよう言葉を選び、探し、顔に汗《あせ》をかきながらたどたどしく会話を続ける。

「凪野くんにも、と……届いてる？　えっと……わ、私には届いてて、それで今日ここにこうして……」

「あ……あぁ、一応、届いてる。なんだろう、例のヤツ……って言えばいいのか……。だから、その……俺も今日こうしてここに……えっと」

「そ、そっか。うん、分かった。凪野くんにも届いたんだよね……例のヤツ……」

お互い、おかしな緊張感の中、うわっすべりしてるような会話を交《か》わしつつ、左右に泳いでいた視線があったり、また外れたりを何度か繰《く》り返しながら最後の言葉はほぼ同時だった。

「そ……それじゃやっぱり凪野くんが……私の……」

「俺の相手が……花宮……？」

俺たちはそのまましばらく、口をポカンとあけたまま真顔でじっと互いの目を見つめ合っていたが、そのうち、花宮の目が疑問から確信に変わった気がした。

きっと、それは俺も同じだったんだろう。

互いの目の中にあったモヤモヤとした何かがパッと晴れた。

それは、俺たち二人がアオハコによってマッチングされた青春相手だということが互いにわかった瞬間《しゅんかん》だった。

緊張の糸が切れたように花宮の顔に笑《え》みが浮《う》かぶ。

「あはは、やっぱり凪野くんだったんだ。私、間違えたかと思って……あー緊張した……」

「異様な緊迫《きんぱく》感だったな……。でも驚いた、まさか花宮だったなんて……」

相手が花宮なことにも驚いたが、アオハコが本当に青春相手とマッチングさせてきたことにも驚いた。ここに至るまで半信半疑だったが、少なくともアオハコはジョークアプリや詐欺なんかじゃなかったんだな……いや、まだ俺たち二人とも担《かつ》がれてる可能性もあんのか……。

そんなことを考えている俺の目の前で、緊張が解け安心した顔をしている花宮。

仮に、アオハコが自称《じしょう》する通り理想の青春を送れる相手とマッチングする機能を持っていたとして、なぜ青春物語の主人公のような花宮と、教室のすみで無難にすごしてる俺みたいなヤツがマッチングするんだろう。

そんな疑問が頭に浮かび、つい、思ったことをそのまま口にしてしまう。

「でも、だいたいなんで花宮は俺と――」

なんでマッチングしたんだろう。そう言いかけた俺の言葉を、花宮が早口でさえぎった。

「あ、待って。今はそういう話、あんまりしない方がいいかも。説明にあったでしょ？　総合的に判断し採点される……って。私もよくわからないけど、でも、多分ミッションに関係ない話はしない方がいいと思う」

そう言って花宮は真剣な顔で俺を制した。さっき起き上がりかけた俺を止めたときもそうだが、教室ではいつも優しく微笑んでいる花宮のあまり見かけない真剣な様子を察した俺は、ここはひとまず花宮の言う通りミッションに集中しようと頭を切り替《か》える。

集中するのはいいが……となると次に新たな疑問がわいてくる。

花宮には一体どんなミッションが与えられてるんだということだ。

俺が寝《ね》そべった姿勢のまま足元に立つ花宮を見ながら頷《うなず》くと、花宮は優しく微笑んだ。

「ありがと、わかってくれて。それで、さっきの続きなんだけど、今から私、凪野くんに目隠しをしたいんだけど……」

マッチング相手が花宮なことはわかった。ミッションにも集中しよう。だけど、ソレ《目隠し》がわからない。

「あー……さっきも言ってたけど、目隠しっていったいどういう――」

「え？　だって、そうじゃなきゃ見えちゃう……じゃない……？」

「見える？　……なにが」

俺がよっぽど『心底ワケがわからない』といった顔をしていたのか、花宮は少し考え込《かんがこ》むとなにかに気が付いたような顔で口を開く。

「……もしかして、スクロールできるの気が付いてなかったり……する……？」

「スクロール……？」

スクロールできるものと言えば、この文脈で出てくるのはアオハコの画面のことだろう。

俺はポケットからスマホを取り出すと、アオハコを立ち上げる。そして、ミッションをタップし内容を確認する。そこには、やはり何度も確認した文面で、

ミッション　それは最悪の出会いだった
青春相手と出会う為、凪野ユウケイは放課後の屋上で寝そべって待っていてください。
あなたの青春相手がそこへやってきます。

と、書かれていた。

試しに画面に指先をあて、グイッと上方向にスワイプしてみる。すると、画面がグイッと動き、今まで気が付かなかった文章が現れた。あのミッションに続きがあったなんて。

画面に表示されている内容を確認する。

> 青春相手が現れたら、あなたは寝そべった姿勢のまま対応してください。そして、会話の中でその時の色を相手に伝え、相手に最低と言われてください。

花宮がさっき真剣に、俺が起き上がるのを止めてくれたのはこういう理由だったのか。もし起き上がっていたら、俺はミッション失敗という判定をされていたかもしれない。失敗と判定されないまでも評価とやらが下がった可能性はある。

俺は画面に書いてあるミッションの内容を読み上げ花宮に伝えると、寝そべったままお礼を言う。

「全然気付かなかった。ありがとな、起き上がるの止めてくれて」

「う、ううん……全然……」

そう言いながらやっぱり頬を赤らめている花宮。

だが、ミッションの全文を確認しても花宮との会話がかみ合ってる気がしない。

その時の色ってどういうことだ。

俺は考える。

アプリが想定してる状況《じょうきょう》はきっと今みたいに俺が屋上で寝転《ねころ》がってて、そこに花宮が歩いてやってくるだろ？　花宮は俺のそばに立ったまま話してて、俺はそれに寝そべったまま対応する。んで、その時に見える『色』っていうと……。

軽く顔を左右に振《ふ》る。

いま俺に見えてるのは、青い空に、白い雲。灰色の校舎に……あとは花宮くらいだ。それで、色を伝えたら最低って言われるって………。

――と、ここまで考えて気付き、思わず言葉が飛び出した。

「あー……ってことは……おいコレまずいだろ！　これってつまり花宮のパ――――」

「ああちょっとい、言わないで！　は、恥《は》ずかしいんだから……！　わかってくれたならよかった……。ちなみに私のはこんな感じ」

そう言うと花宮は自分のスマホを取り出して読み上げた。


今日の放課後。屋上で青春相手が寝そべって待っています。

その時、相手に下着が見える位置に立ち、下着の色を指摘《してき》され、あなたはそれに『最低』と返してください。

あちらのミッションを聞いて納得《なっとく》していると、花宮は頬を赤らめながら言う。

「た、多分これって、ラブコメマンガとかでありがちな、出会いのシーンでパンツを見られてお互い最悪の印象から始まった……みたいなことだと思うのよ、きっと。だって、ミッションのタイトルが《それは最悪の出会いだった》だし。アオハコはそういうシーンの再現をしたいんじゃない……かな……」

そう言うと花宮は一旦《いったん》言葉を止め、大きく息を吸いこんで恥ずかしそうにこう言った。

「だから……今からこのミッション、やらなきゃなんだよ……」

恥ずかしそうに上目づかいでこちらを見る花宮。頬は赤く紅潮し、目も心なしかうるんでいる気がする。

今からこのミッションを実行するということはつまり……その……俺が花宮のを見る……ってコトだよな…………？

だけど――

そのミッション、やっちゃダメなんじゃないか……？

いくらアプリの指示とはいえ、花宮のを見るなんてダメな気がする。アプリの指示に従ってそんなことをするのは俺の送りたい青春と言えるのだろうか……いや、こんなのは、俺が思う正しい青春じゃない。もっとも、なにが正しいかなんてわかんないんだけど。

　俺は真っ赤な顔の花宮に返す。

「だいたいわかった。あー……変な意味じゃないんだけど……その……俺、見ちゃダメだろ。だから……ゴメン、できない。あー……でも。それだとミッション失敗ってコトになんのか……まいったな」

　寝そべったまましばらく考えると、ふっと短く息を吐《は》き花宮に告げる。

「……しょうがない、なんか別の方法を考えようぜ」

　すると、それを聞いた花宮は最初ちょっとぽかんとした顔をしたけど、すぐに笑顔になった。

「あはは、そっか。うん……ありがと凪野くん。でも、だから目隠しなのよ」

「それってどういう？」

「つまりね……私たちはミッションの指示に従えばいいんだよね？」

　それはその通りだ。

　アオハコの説明には『ミッションに従ってください』とある。

俺は花宮に頷く。

「《説明》にはそう書いてあったな」

「で、私のミッションの文章はこう。《相手は寝そべって待っています。そのとき、相手に下着が見える位置に立ち、下着の色を指摘されてください。それに最低、と返してください》って。《見せる》じゃなく《見える》。実際に、パ……パンツを見せるとは書いてないの。見ることが可能な位置に私が立って、凪野くんがその……色を指摘すれば、多分だけど、ミッション達成になるんじゃない……かな……って」

「おぉ……！」

素直《すなお》に感心してしまった。

確かに花宮の言う通り、俺のミッションにも花宮のミッションにも、俺が下着を実際に目にするとはどこにも書いていなかった。

「つまり、俺に目隠しをして花宮が俺の顔のそばに立ち、俺が……その……花宮の色を言えばそれでいい……ってことか？」

花宮は自信なさそうに頷いた。

「わからないけど……説明文にもあったでしょ？　ＧＰＳや音声データで判定し……って。だから、私たちの位置データが重なっていて、音声データがミッション通りならいいんじゃないかな……って」

「なるほどな……。ちなみにその作戦、花宮が考えたのか？」

「うん。さっきミッションが届いたとき、こういうふうにすればなんとかならないかなって思って」

これを聞いて素直に感心した。確かにその通りかもしれない。

この場に審判《しんぱん》のような存在がいるわけではない。バカ正直にミッションの指示に従わなくても、アオハコがスマホから拾うデータがミッションに即《そく》していればそれでクリアとなるんじゃないかと花宮は考えたのだろう。半信半疑でここにやって来た俺とは違い、花宮はミッションに真剣に取り組んでいた。

でも、だとすると――

花宮の話を聞きながら、ひとつ閃《ひらめ》いたことがあった。

「それ……二人のスマホを重ねるだけじゃダメか？　もしGPS信号が判定基準ならそれでいい気がするんだが」

俺がそう言うと、花宮はハッとした顔になった。

「た……確かにその通りかも……。凪野くんて……ずるがしこい……？」

言葉とは裏腹に花宮は俺の方を感心したような顔で見る。

「ほっとけ。ま、確かにズルいかもしれないけどやってみる価値はあるだろ……ってことで、ほら」

念のため寝そべったまま近くの地面にスマホを置くとその上にスマホを重ねるように促《うなが》し、花宮も自分のスマホをその上に置く。

二人の位置関係をGPS信号で判定してるのならこれで十分なハズ。あとは俺が花宮の色を言えばいいだけだ。これでクリアできるのならカンタンなもんだ。

「これでよし……っと、あとは色だな。今日の花宮のパンツってなにい――――」

何色なんだ？　と質問しかけて咄嗟《とっさ》に口をつぐむ。

いやいやいや、ミッションとはいえ何時代の変質者だ俺は。焦《あせ》って花宮の方を見ると、花宮は顔を真っ赤にしてうつむいていた。

「――――わるい。お、俺が適当に色を言ってくから全部に最低って返してくれ……それでいい……よな……？」

「う、うん、大丈夫《だいじょうぶ》」

それから俺は思いつく限りの色を言い、花宮はその全てに最低と返した。

「…………それからえーとえー と……あー……ダメだ、パンツってあと何色があるんだ」

「も、もう凪野くんがいま言った中に正解あったから大丈夫……だと思う」

花宮は恥ずかしそうにそう言うとスマホを拾い上げ確認している。俺もそれに続く。

だが、アオハコの画面はさっきと何も変わっていなかった。

「ダメ……みたいだな」

俺のスマホの中にあるアオハコの画面はさっきまでとなにも変わらず《ミッション進行中》となっている。アオハコがどうやって判定しているのか分からないが、そう簡単にクリアさせてはくれなさそうだ。ある程度はミッションが想定してる状況をなぞらないといけないのかもしれない。

花宮も同じことを考えていたようで。

「んー……格好とか姿勢とかがそれっぽくないとダメ……なのかも……。でも、そのことが分かったダケでも今のを試《ため》した価値はあったかな……。そ、それじゃあ…………」

花宮はそこまで言うといったん言葉を止め、一度大きく息を吸《す》い込むと、真っ赤な顔で俺の方を見た。

「…………じゃあ、次は……目隠しの方……試しにやってみよ……？」

◆

数分後。

「いい？　み、見えてない……？　大丈夫？」

屋上で寝そべった俺の頭のすぐそばから、花宮の足が地面を踏む音がする。

「あ、あぁ全然見えてない。真っ暗だ」

「ほ、ほんとに……？　本当の本当に大丈夫？」

「全然全く大丈夫だ！　本当になんにも全然見えてない」

「し……信じるからね⁉　……い、いい？　そ、それじゃ……いくよ………？」

俺は自分のネクタイを外してきつく目隠しをし、全くなにも見えない状態で寝そべったまま花宮を待っている。

両の耳のすぐ隣《となり》で花宮の靴《くつ》が地面を踏みしめる音が聞こえ、顔の真上に気配を感じる。

「こ、これでどう……かな？」

「あ……あぁ、多分見える位置……だと思う」

いかん緊張する。

全くなにも見えていないとはいえ、俺の顔に今、スカートの花宮が跨《また》がっているのだ。

もし今目隠しを取れば目の前に広がるのは、花宮のスカートの中の………ダメだダメだダメだ！　想像すればするほどイケないことをしてる気分になってくる。

それにしても、俺たちは学校の屋上でなにやってんだ……。

こんなん、本当にどこかの誰《だれ》か悪趣味《あくしゅみ》な奴《やつ》が、アホなことをする高校生の男女の姿を見て笑ってるんじゃないかと想像してしまう。

耳のすぐ近く、花宮の足がちょっとだけ動いたのか、ジャリ……という地面をこすれる音。スカートが微《かす》かに揺れて起こる風が俺の鼻先にあたる。

花宮は俺の顔の上で恥ずかしそうに叫《さけ》んだ。

「こうしてるダケでも恥ずかしいから、もう、色は私から言うね……。…………し……しろ……！　白だから！」

「わ、わかった……！　それじゃ言うぞ……？　お、おい、見えてんぞ白いの」

「さ、最ッ低！」

ミッションに書いてあったのはここまでだ。

これで一応ミッションも終わった……と、思う。

安心してふーっと大きく息をもらすと、顔の上、俺に跨ってる花宮が悲鳴を上げた。

「ひゃああ！　ちょ、ちょっと！　息！　凪野くん息かかってる……！」

「わ、わるい……！」

「もう……。でも、一応これで終わったの……よね？　私も安心したから気持ちはわかる

けど……。じゃあ、今からどくから、う、動かないでね……？　まだ目隠しも取っちゃダメだからね……？」

そう言って、花宮は俺の顔の横に置いた足をどかそうと片足を上げた瞬間、強い風が吹《ふ》いた。

「あ、やだ……きゃあああ！」

花宮の悲鳴と共に頭の上にあるスカートが大きくはためく音と、俺のそばの地面になにかがズザザッと倒《たお》れる音が続けざまに聞こえる。

「…………あいたたたた……」

花宮が転んだのか？

俺は慌てて立ち上がるとネクタイの目隠しを取り花宮を探す。

「花宮！　大丈夫か⁉」

「うん……ちょっと足を上げたときに風が吹いて……スカートを押さえようとしてバランス崩《くず》しちゃって……」

花宮は俺のすぐそばに倒れたらしく、今まさに起き上がろうとしてるところだった。地面に膝《ひざ》をつき、四《よ》つん這《ば》いの姿勢で俺の方へおしりを向けてて、スカートは思いっきりはだけてるから俺の目の前には……。

「凪野くんは大丈夫だった？　私、頭蹴《け》ったりしなかった……？　どこかぶつかってない……？」

頭は蹴られてないし、どこにもぶつかってない。全然大丈夫。

でも、大丈夫じゃないことがひとつだけある。

俺は思わずぽつりとつぶやいてしまった。

「…………白」

「え…………？　や、ちょっと！　み…………見た？」

慌ててめくれあがったスカートを直す花宮。

「あー……まぁ、その……。なんて言うか…………見た」

花宮はおしりを押さえたままの姿勢で暫《しばら》く俺の方を険しい顔でジっと睨《にら》んでいたが、やがてイタズラっぽい笑顔《えがお》でこう言った。

「最ッ低」

転んだ花宮を助け起こしたところで、俺のスマホに通知が来た。見てみるとアオハコから。花宮にも来ていたらしく、俺たちは同時にアオハコを立ち上げ内容を確認する。

おしらせ

ミッション《それは最悪の出会いだった》を達成しました。

凪野ユウケイと花宮ハナがマッチングしました。

これから、二人で様々な青春ミッションを乗り越《こ》えて理想の青春をお過ごしください。

アオハコはあなたに正しい青春を提供します。

獲得《かくとく》SP 50,000

ミッションは成功だったらしい…………いや、もっと言うと、アオハコという怪しげなアプリの言っていたことは全て本当だったらしい。

俺に青春相手として花宮をマッチングし、ミッションを与《あた》え、それをクリアした俺たちに青春ポイントが付与《ふよ》された。

スマホの中のアオハコと花宮を交互《こうご》に見る。

花宮はスマホを見ながら、ミッションの成功に安堵《あんど》してるようだった。

そもそも、このミッションの成功は花宮のおかげだ。

あの時、花宮が俺に起き上がらないように指示してくれなかったら失敗してたかもしれない。目隠し作戦を考えてくれたことといい、俺よりもずっと真剣にアオハコに向き合っていたからこそこうして成功できたのだ。

花宮はスマホを制服のポケットにしまうと、優《やさ》しく微笑《ほほえ》みながらこう言った。

「あー良かった……。成功……したのよね。――ってことだから。これからよろしくね、凪野くん。一緒《いっしょ》に攻略《こうりゃく》がんばろっ」

花宮はそう言うと俺の返事も待たずくるっと背を向け、足早に元来たドアまで歩いていくと、コチラを振り返らずに屋上から出て行った。

屋上にひとり残された俺は、今でも信じられない気持ちでいっぱいだった。

アオハコが本当に青春相手とマッチングしてくれたこと。

相手があの花宮だったということ。

ミッションが成功しSPが付与されたこと。

俺はもう一度、さっきみたいに屋上にゴロンと寝転び真っ青な空を見上げる。

高校一年から二年に変わる三月三十一日。

俺は、正しい青春の過ごし方について頭を悩《なや》ませていた。悩んで悩んで……そしてアオハコに出会った。

寝そべったままスマホを立ち上げ、ホーム画面に配置されたアオハコのアイコンを眺《なが》める。

コイツは誰が何の目的で運営しているのか。

なんで俺たちにこんなことをさせるのか。

正式リリースと書いてあったがそれはいったいどういうものなのか。

それに——

今、俺《おれ》たちがミッションを達成したということをアオハコはどうやって察知した？

説明にあった通りスマホを通じてＧＰＳ信号や音声データを取得し……だとしたら、俺たちのさっきの会話を誰かがリアルタイムで聞いていたのか？　それとも、ＡＩのような存在が機械的に判断したのだろうか。

いや、最初にスマホを重ねてＧＰＳ信号を同じ地点にし、スマホに音声データを拾わせてもクリアできなかったミッションが、さっきの俺たちの行動でクリアできたことにも疑問がある。

アオハコは俺たちに本当にミッションの通りの行動をさせたかったのだろうか。それともさっきみたいに、二人で知恵《ちえ》を出し合い協力したことこそが正解だったのか。……案外、最後に花宮が転び、実際にスカートの中を見たことが正解だったっていう単純なオチ……はないな、その時には俺、立ち上がってたし。

青い空を見ながらしばらく考えたが、なにひとつ確かなことは分からなかった。

そもそもおかしなことだらけなのだ。考えて答えが得られるとも思えなかったし、こうやって監視《かんし》のようなことをされてるのにも気持ちの悪さを感じないわけじゃない。

──でも、わからないことだらけのアオハコで、一つだけはっきりしてることがある。

それは、この怪《あや》しげなアプリが俺と花宮ハナとをマッチングしてくれたということだ。

心にずっと引っかかっていた一文。

『アオハコはあなたに正しい青春を提供します』

さっきの出来事を思い出す。

思いがけず現れた花宮。二人で互いの状況を確かめ合い探《さぐ》り合うような会話。マッチング相手だとわかりほっとしたときの感情。ミッションクリアのために協力し、無事にクリアできた時の達成感。

さっきの一連の出来事は、確かにどこか……少しだけ青臭《あおくさ》かった気がする。

アオハコを使えば、俺は………。

この時。

学校の屋上、真っ青な空の下で俺は決めた。

怪しくて、よくわからないことだらけのアプリだけど、今のところコイツが言ってることに大きな嘘《うそ》はなさそうだ。コイツを使えば正しい青春ってやつが送れるようになるのかもしれない。だから、ちょっとくらい怪しい部分については目をつむろう。

俺は、アオハコを使って正しい青春を送る。

スマホの中のアオハコにぽつりとつぶやく。

「――ってことで、これからよろしくな、アオハコ。……でも……そういえば……」

……そういえば、花宮はなんで――

アオハコは、青春ってなんだろうって頭をぐじゃぐじゃにして悩みに悩んだ末におかしなサイトにたどり着き、そこで長ったらしい青春力テストに答えた結果、勝手にインストールされてたんだ。それならなんで――

「なんで花宮……アオハコ持ってんだろ…………。アイツはすでに正しい青春ってヤツを送ってるんじゃないのかよ」

俺の言葉は四月の青空に吸い込まれるように消えていった。

青春ポイント残高　凪野ユウケイ　50,400

《　二人の距離の縮め方　》

五月の昼休み。

春の柔《やわ》らかな日差しの中で俺は、校舎からすこし離《はな》れた場所にあるベンチに座《すわ》り、人を待っていた。

このベンチ。周りには園芸部が手入れしている花壇《かだん》があったり、ほどよく日差しを遮《さえぎ》る木が植えられていたりと、心地《ここち》よく過ごすには良いロケーションなのだが、いかんせん校舎から遠いので昼休みはあまり使ってる人がいない場所だった。そのかわり、放課後はカップルがよく座って話《はな》し込んだりしている。

そんなカップルしか使わないような、校舎から遠く離れたベンチでなにをやってるのかというと……。

ふ……と校舎の方へと視線をやると、コチラへ小走りに駆《か》け寄ってくるひとりの女生徒がいた。彼女《かのじょ》は制服のスカートを揺《ゆ》らし、長く黒い髪《かみ》に春の日差しを浴び、コチラへ駆け寄りながら俺へ軽く片手を振る。

「おまたせー……。ごめん、待った……？　ユウ」

クラスの中心であり、青春マッチングアプリ・アオハコで俺の青春相手となった花宮《はなみや》ハナだった。

俺は花宮に片手を挙げながら返事をする。

「あ……あぁいや。俺も今来たところだよ」

そばに駆け寄ってきた彼女は息を整えながら、ちょこんと俺の隣に座る。

ぎりぎり体と体が、脚《あし》と脚が触《ふ》れないような、そんな距離。

花宮は俺の方を見るとこう続ける。

「遅《おそ》くなってごめんね……でも、今日はなんとユウにお弁当を作って来たん……だよ……。お、おいしいかどうか分からないけど……」

そう言って自分のカバンから小さな包みを取り出して俺の方へと差し出す。

俺は花宮から弁当を受け取ると、大袈裟《おおげさ》に驚《おどろ》いて見せながらこう返す。

「え、ホントに？　俺の為《ため》に作ってくれたの？　楽しみ……だ……な……。あー……

……。こ、こんな感じで……いいのか……？」

五月のぽかぽかとした昼休み。

カップル御用達《ごようたし》のベンチに腰《こし》掛け手作りの弁当を今まさに食べようとしてる俺と花宮。

どこからどう見ても幸せしかない二人。

けど、ひとつだけ幸せに見えないところがある。

それがどこかと言うと、二人とも顔に汗を滲《にじ》ませ、なんとも言えないような複雑な表情をしているという点だ。

なにかを確かめるような顔で弁当を受け取る俺と、緊張《きんちょう》と恥ずかしさとやるせなさとバカバカしさが絶妙《ぜつみょう》にブレンドされ目が死んでる花宮。

俺、人がこんな顔してるの初めて見たわ……。

俺が複雑な顔で弁当を開くと、花宮も絶妙に微妙《びみょう》な顔でこう返す。

「お……おいしくなかったらごめんね……。い、いいんじゃない……かな……多分。さっ、続けよっか……もうちょっとだし……」

そう言って自分の弁当を開く花宮の顔は、やっぱり今まで見たこともないような複雑さだった。

なぜ、俺たちがこんなに微妙な表情なのかと言うと——話は一日前に遡《さかのぼ》る。

◆

花宮との屋上での出来事から二週間が過ぎ、俺は今までとなんら変わりない日常を過ごしていた。

花宮の方はと言うと、アッチもアッチで今までとなにも変わらないように見える。

いつも周りには人が集まり、楽しそうに笑ったりはしゃいだりしてる姿をよく見かけた。

そんなある日の昼休み。

いつものように購買《こうばい》に昼食を買いに行こうと廊下《ろうか》を歩いていると、ふいに俺を呼びとめる声。

「凪野《なぎの》くん、ちょっといい？」

振り返るとそこには、花宮が立っていた。

制服から伸《の》びたすらりとした手足。優しい印象を受けるかわいらしい口元に、ぱっちりとした大きな瞳《ひとみ》。黒くて長い髪が春の日差しを受け輝《かがや》いて見えた。

「凪野くんにはもう来てる？　さっき、私のところに来たんだけど……」

花宮が俺を呼びとめるなんて、この用事以外にないだろう。

「あぁ、俺のところにも来てる。ミッションだろ？」

俺のスマホにもついさっき、アオハコから通知が届いていた。

出会いミッションが終わって以来なにも音沙汰《おとさた》が無かったアオハコからやっと次のミッ

ションが届いたのだ。

「明日なんて急だよねー。……ねぇ、今って時間ある？　ちょっとミッションの相談しない？」

俺が頷くと、花宮はパッと笑顔になった。

「よかったー、それじゃ歩きながら話そっか。こうして歩きながらなら、誰にも聞かれないから」

俺の返事を聞くと花宮はにっこりと笑い、先に立って歩き出した。

廊下は購買に向かう生徒たちの姿がチラホラとあるものの、弁当を持ってきている生徒が多いためそのほとんどは自分たちのクラスや校庭で仲間のグループと一緒に弁当を広げている。

誰にも聞かれないからとは、アオハコの《誰かに漏《も》らしたら即失格》というルールへの配慮《はいりょ》だろう。

俺は花宮のあとに続く。

「えっと確か、明日の昼休みに――――」

俺のところに来たミッションはこうだった。

ミッション　二人の距離の縮め方
最悪の出会い方をした凪野ユウケイと花宮ハナ。

そんな二人だったが、同じ時間を過ごすことで互《たが》いの距離は徐々《じょじょ》に近付いていく。

これから二人には互いの距離を縮める《シーン》が全部で十回与えられます。順番に《シーン》を体験していき、十回以内に《二人の距離》が一〇〇％になればミッション達成です。

十回の《シーン》を体験しても《二人の距離》が一〇〇％に届かなかった場合、ミッション失敗となりＳＰが大きく減算されます。

また、このミッション中は二人に同じ文面が届きます。

尚《なお》、二人の距離を縮める一環《いっかん》として、今後、花宮ハナはミッション中、凪野ユウケイのことを苗字《みょうじ》＋くん呼びではなく、呼び捨てやあだ名など親密度の高い呼び方で呼んでください。

シーン①
明日の昼休み。

凪野ユウケイは花宮ハナ手作りのお弁当を二人きりで食べ、二人の距離を縮めましょう。

このミッションが届いたとき、正直、ほんの少し心が躍《おど》った。

花宮が俺に弁当を作ってくれる。無味乾燥《むみかんそう》とした俺の青春には訪《おとず》れないと思っていた場面だったからだ。

だが、俺にとっては嬉《うれ》しくても、花宮にとってこれは嬉しいのだろうか。

花宮からすると、やろうと思えばいつでもできた青春なんじゃないか？

それにもうひとつ。

こうして花宮の方から俺に声を掛《か》け明日の相談を持ちかけたり、さっきの『歩きながら』ってのもそうだけど、花宮、アオハコに対して結構な本気度を感じる。屋上でも俺に先んじてルールをきちんと把握《はあく》し、俺の動きを制したり、目隠《めかく》し作戦を立てたり。いったい、なにが花宮をそこまでさせるんだろう。

隣を歩く花宮の方を見る。俺も花宮も平均的な身長だが、俺の方が男子な分だけ少しばかり背が高い。花宮の頭がちょうど俺の鼻くらいの位置。視線のすぐ下で、花宮の頭が歩調に合わせて揺れる。

花宮はいつもの優しげな笑《え》みを顔にたたえながら前を見て歩いていた。

教室でいつも見せる、いつもの笑顔。柔らかくて優しい笑顔。見ているこちらまで優しい気持ちになってくるような、素敵《すてき》な笑顔。

でも……。いつもの笑顔過ぎるのだ。

花宮とマッチングしてから気が付いたことがある。

マッチング相手ということで、つい花宮へ視線が動いてしまうことがたびたびあったのだが、花宮はいつも決まってみんなの真ん中で笑みを浮《う》かべていた。

――その顔がいつも同じなのだ。

そんな花宮に若干《じゃっかん》の違和感《いわかん》を覚え始めたある日、俺は、見てしまった。

いつもみたいにみんなの真ん中で、花宮が柔らかな笑みを浮かべていたかと思ったら、自然な動きでみんなから顔を背《そむ》け、誰にも顔が見えないようにしたかと思うと、す……と笑顔を消し、ほんの一瞬《いっしゅん》だけ無表情になったのだ。

そしてまた、自然な動作で体をみんなの方へと向けると、そこにはまたいつもの優しくて柔らかな笑顔の花宮がいた。

最初はなにかの見間違《みまちが》いかと思った。一度だけなら偶然《ぐうぜん》かもしれない。でも、ここ一週間で、そんな花宮の様子を何度か見かけたのだ。こうしてマッチングするまでは気が付かなかったけど、なんであんな顔をするんだろうか。

俺の隣を歩いている笑顔の花宮と、あの無表情の花宮が同一人物だとは結びつかなかった。

そんなことを考えながら花宮の横顔を見ていると、ふいに彼女が俺の方を向いた。

「うん？　さっきから私の顔見てる？　なにかついてた？　それとも、お、怒《おこ》ってる……？」

そう言って片手で頬《ほお》を触《さわ》る花宮。俺はごまかそうととっさに話の矛先《ほこさき》を変える。

「あ、ああいや別になにも……。と、ところで花宮はこのアプリどこまで信じてる？」

すると花宮は口元に手を当て少しだけ考《かんが》え込《こ》むような仕草をしてから口を開いた。

「うーん……半分半分……くらい……かな。一応試せることは試してみたんだけど――」

うららかな春の昼休み。廊下を歩きながら、花宮はこれまでの経緯《けいい》を大まかに話してくれた。俺と同じようにネットで青春力テストとやらに答えたこと。アオハコが勝手にスマホにインストールされていたこと。初期ポイントの中から最少交換《こうかん》単位である100SPを電子マネーに交換し、実際に残高が増えたことを確認《かくにん》したこと。いくら調べてもこのアプリの情報がネット上に出回っていないこと。

「――だから、とりあえず半信半疑だけど、今のところは信じてみようかなって」

微笑みながらそう答えてくれた花宮。俺と同じ経緯を辿《たど》っているのは分かったが、前回のミッションの時、俺以上に頭を回し、怪しいアプリから与えられたミッションに真剣《しんけん》に取り組んでいたのは何故《なぜ》なのだろう。花宮ならこんなアプリに頼《たよ》らなくたって青春出来るのに……いや、そもそも、なぜ花宮は青春に悩んでた……。

「ま、また怖《こわ》い顔になってるけどやっぱり怒ってる？　それとも体調悪い？」

ごまかすように口を無理やりひん曲げて笑う。

「だ、大丈夫、超《ちょう》ご機嫌《きげん》。そ、それより……明日のシーンて弁当……だよな？」

「うん、そう書いてあった。お弁当作ってくればいいんだよね？　それで、明日のことでちょっと相談があるんだけど――」

このシーンを実行するにあたり、前もって相談しておいた方がよさそうだと俺も思っていた。どこで弁当を広げるかとか、どうやって教室から抜《ぬ》け出すかとかだ。

俺はいつも購買でパンを買って適当にその辺で食べてるけど、花宮はいつも仲間のグループと弁当を広げている姿をよく見かける。それが突然《とつぜん》抜けたら怪しまれるだろう。それに、俺と二人で弁当を食べてる姿を万が一誰かに目撃《もくげき》でもされたら、花宮にとっては面倒《めんどう》なことになるんじゃないかと思ったからだ。

それをどうやって切り抜けるかを事前に考えておかないといけないな……と、このシーンの指示を見たときに思った。

相談ってのはきっとこのことだろう。

「そ……それで、相談なんだけど……。凪野くん……あ、そっか。呼び方か……。くん呼び、ダメなんだったよね」

「あぁ、そんなことも書いてあったな」

花宮は少し考え込むと、ニコッと笑いながら俺の方を向く。

「じゃ、ユウって呼ぶね。ミッション中だけでいいみたいだけど、慣れるためにできるだけ普段《ふだん》もそう呼ぶようにするよ」

俺が頷《うなず》くと、さっきまで笑顔だった花宮がなぜか急に少しだけ顔を赤らめた。そして、たどたどしく開かれた口から出てきた言葉は俺の想像とは全然違《ちが》っていた。

「それでね、えっと……。ユ……ユウは好きな食べ物とか……ある？　食べられない物とかあったら教えて？」

そう言いながら恥《は》ずかしそうに俺を見る花宮。

「好きな……モノ？　そんな内容ミッションにあったか？」

そんなことを聞かれるなんて思ってなかった俺が一瞬固まって花宮の方を見ると、花宮は慌《あわ》てたように口を開いた。

「だ、だって！　せっかくお弁当食べてもらうんだよ？　どうせなら好きな物の方がいいのかなー……って思って……」

そう言って俺から目を逸《そ》らすと少し照れたような顔をした。

花宮は、ただ与えられたシーンをこなすというだけではなかったのだ。

好き嫌《きら》いを気にしてくれる気遣《きづか》いが普通《ふつう》に嬉しかった。

こういう優しさや気遣いができる部分も花宮の評判が高い理由のひとつだったりするのかもしれない。

照れてる花宮を見ながら答える。

「別に嫌いなものはないからなんでもいい。作ってもらえるだけで俺にとっちゃありがたいし」

「えー？　なんでもいいは迷っちゃうなー。なにかないの？」

そう言って再び腰《こし》を折り、無邪気《むじゃき》な顔で俺を下からのぞき込んだ。付き合ってるような仕草や会話に少しだけドキリとする。

「あー……じゃあたまご焼き……かな」

すると花宮はにっこりほほ笑みながら、わかった、と爽《さわ》やかに頷いた。

「がんばって作るね。お……おいしくなかったらゴメンネ」

人がまばらな廊下で、花宮は不安そうな顔をしたかと思うと、すぐに何かに気が付いたように顎《あご》に手を当て神妙《しんみょう》な顔をする。

「待って……ミッションには味に関することまでは書いてなかったよね……。つまり、私がとんでもなくまずい物や辛《から》い物を用意して来ても、ミッションをクリアするにはユウはそれを食べなきゃいけないということは…………閃いた」

「閃くな」

「閃きはしたけど安心して、料理は苦手じゃないから。でも、期待しすぎないでね」

妙《みょう》に楽しそうな花宮につっこみを入れつつ、この会話に、まるで自分が青春モノの物語の登場人物にでもなったような気持ちになっていた。

三月の終わりの日。

あんなに悩んでいた俺がいまこんな会話をしてるのはアオハコと花宮のおかげだ。

アレがなかったら花宮とこんな風に話すこともなかったし、ましてや手作り弁当なんて。

隣を楽しそうに歩く花宮を見る。やっぱり花宮はどこかキラキラしていて、なんていうか、こうして一緒にいると、自分まで輝いてるんじゃないかって気持ちになってくる。

いつも花宮の周りにいる連中も、花宮の近くにいれば自分が輝けるかもしれないって思ってたりするのかもしれない。今の俺のみたいに。

――だとすると、じゃあ花宮自身はこの状況《じょうきょう》をどう思ってるんだろう。

それに、クラスの真ん中のさらに真ん中で、花宮はいつもなにを考えてるんだろう。

そんなことを考えながら花宮を見ていると、俺の視線に花宮が気が付いた。

「うん？　どうしたの凪野く……ユウ、私の顔、やっぱりなにかついてる？」

「い……いや、ちょっと明日のシーンのことを考えてて」

慌てて言い訳する俺に、花宮は納得《なっとく》してくれた。

「明日のシーンかー。……ねぇ、ユウはもう読んだ？　台本」

「あぁ、届いたときにざっとは読んだけど……なんて言うか……アレだったよな……」

俺たちに届いていたシーンには続きがあった。

「……そうよね……なんか……結構……アレだった……」

花宮はちょっとだけゲンナリ感のある、決して教室では見せないような顔で答える。

ゲンナリしたまま花宮は続ける。

「なんかちょっと……ね……。お弁当を作ったり、それを二人で食べるのは別にいいの。私、毎日自分でお弁当作って持ってきてるから、ひとつ作るのもふたつ作るのも手間は一緒だし。誰かに料理食べてもらうのはちょっと恥ずかしいけどね。でも――」

そう言うと一旦《いったん》言葉を止め花宮は顔をこわばらせた。

「――でも、うまくできるかな……あんな台本……」

「だよな……俺も正直、あんまりうまくできる自信がないんだけど大丈夫《だいじょうぶ》かな……」

そう。

この会話の少し前。

花宮がアレと言い、俺もアレと言ったミッション説明の続きの部分。

説明文の最後にはこう記されていた。

　このシーンは台本が用意されています。

そして、その台本の内容がアレなのだ。

「まぁ、やってみるしかない……よな……」

俺は半ばあきらめ気味に吐《は》き捨てた。

「そう……だよね……。うん、が、頑張《がんば》ろうねユウ……いろんな意味で」

こうして俺たちは明日のシーンへと臨《のぞ》んだ。

◆

五月の昼休み。

春の柔らかな日差しの中で俺は、校舎からすこし離れた場所にあるベンチに座り人を待っていた。

校舎から離れているので昼休みにはあまり使われていないベンチ。

そんな、校舎から遠く離れたベンチで何をやってるのかというと……。

ふ……と校舎の方へと視線をやると、引き攣《つ》った顔でコッチに駆け寄ってくるひとりの女生徒がいた。

俺の方へ軽く片手を振《ふ》る。

「『おまたせー……。ごめん、待った……？　ユウ』」

感情の込め方《かた》がどことなくおかしい口調の花宮だった。

俺は花宮に片手を挙げながら返事をする。

「『あ……あぁいや。俺も今来たところだよ』」

俺も多分おかしなイントネーションになってる自信がある。

そばに駆け寄ってきた花宮は息を整えながら、ちょこんと俺の隣《となり》に座る。

ぎりぎり体と体が、脚と脚が触れないような、そんな距離。

花宮は俺の方を見ると不自然な笑顔でこう続ける。

「『遅くなってごめんね……でも、今日はなんとユウにお弁当を作って来たん……だよ……。お、おいしいかどうか分からないけど』」

新人声優の棒読み演技みたいな口調で花宮はそう言うと、カバンから小さな包みを取り出して俺の方へと差し出してくれた。

花宮から弁当を受け取ると、大袈裟に驚いて見せながらこう返す。

「『え、ホントに？　俺の為に作ってくれたの？　楽しみ……だ……な…………』あー……………。こ、こんな感じでいいのか……？」

五月のぽかぽかとした昼休み。

カップル御用達のベンチに腰掛け手作りの弁当を今まさに食べようとしてる俺と花宮は、二人とも顔に汗《あせ》を滲ませ、何とも言えないような複雑な表情をしていた。

緊張と恥ずかしさとやるせなさとバカバカしさが絶妙にブレンドされ目が死んでる花宮から、ひきつった笑顔で弁当を受け取る俺。

二人の表情だけが状況と全然マッチしていなかった。

俺が複雑な顔で弁当を開くと、花宮も真っ赤な顔でこう返す。

「『お……おいしくなかったらごめんね……』い、いいんじゃない……かな……多分。さ、つ、続けよっか……もうちょっとだし……」

そう言って自分の分の弁当を開く花宮の顔は、やっぱり今まで見たこともないような複雑さだった。

俺たちが今アオハコから与えられている指示はふたつ。

ひとつは俺が花宮の作ってくれた弁当を二人で学校で食べること。

そしてもう一つは、アプリから提示された台本を演じることだ。

さっきの花宮の『ごめん、待った……？』とか、俺の『今来たところ』は全て台本である。

俺は頭の中の台本をなぞりながら、差し出された弁当を受け取る。花宮が俺にぎこちなく演技をしながら手渡《てわた》してくれた弁当は小奇麗《こぎれい》なナプキンに包まれていた。

弁当を受け取るときに指先がちょこんと触れる。

小さくてかわいらしいそれを膝の上に乗せナプキンをほどく。

中からこれまた可愛らしい弁当箱が顔をだした。ふたを開くといくつかのおかずの中に俺が昨日リクエストしたたまご焼きを見つける。

「『うまそうだなー、いただきます』マジでおいしそう。それに、たまご焼きまで入ってる。わるいな、花宮」

「『が、がんばって作ったの……口に合うといいんだけど……』ううん、たまご焼きなんてカンタンだし」

　もちろん俺も花宮も。お互いの台本は全てアプリに書いてあったので、こう言われることはわかっていた。

　だが、わかっていてもこんなことを言われると、どこか心がむず痒《がゆ》いような、嬉しいような、恥ずかしいような。そんな気持ちになってしまう。…………けど、この後の台本、めっちゃくちゃ恥ずかしいんだよな……。

「『そんなに不安な顔するなよ。そ……それじゃ頂きます――――ん？』」

　俺は弁当の中に入っていたたまご焼きを一口食べると大袈裟に驚いた演技をする。

　それを受けて花宮はぎこちない口調で返す。

「『ど、どうしたの？　もしかして……おいしく……ない？』ゴメン、それどっち？　演技の顔？　それとも本当においしくない……？」

　不安そうな顔で俺の方をじっと見る花宮。

　演技半分とはいえその眼を見つめ返していると、吸《す》い込まれそうになるような綺麗《きれい》な瞳。

　俺は思わず気恥《きは》ずかしくなって、視線を逸らし、口の中のたまご焼きを飲み下すと不安そうな花宮の方を向き――

「『おいし……い！　ウマい、ウマいよコレ！』ああいやマジでウマい。すごいなコレ、全部自分で作ってるのか？」

「『も、もおーユウのイジワルー』高校に入ってから自分で作るようになったから一年くらいになるかな。料理するの、結構慣れてきたから味はそこそこでしょ？」

こうして、台本が与えられてるとはいえお互いに彼氏《かれし》彼女《かのじょ》のようなセリフを口に出していると、実際にそういう関係になったんじゃないかと錯覚《さっかく》しそうになる。

とはいえ…………。

「弁当……マジでうまいのはいいんだけどさ……この台本って……」

俺はそう言いながら白米を頬張《ほおば》りつつ花宮の方を見る。

「……うん…………なんていうか、まぁ……。古い……よね」

俺たちに与えられていた台本は、なんとも言えない古くささがあった。

今どき、どこにこんな会話をしてる高校生カップルがいると言うのか。

数十年前のラブコメマンガにありそうな会話の内容は口にするだけで気恥ずかしい。

アオハコの言う《正しい青春》って、本当にこんな感じなのか……？　アオハコ大丈夫か？　まぁ……一度信じると決めたんだ。できるところまではやってみよう。

「『ね、ねえユウ……ソッチも食べてみて、自信作な、な、なんだだだから』あ、噛《か》んじゃった……あーもう恥っずかしい！　なんなのよこの台本」

そう言って顔を真っ赤にし目を左右に泳がせながらも、必死に覚えたであろう台本のセリフを言おうとして、その内容に恥ずかしさを覚えている。

いつもはクラスでなんでもそつなくこなし、優《やさ》しく微笑《ほほえ》んでいる花宮。そんな花宮が今、俺の目の前では、恥ずかしそうに悶《もだ》えたり、顔を真っ赤にしたり、古臭《ふるくさ》い台本に照れたり、セリフを噛んで慌てていたり。

コロコロ変わる花宮の表情がなんだかおかしくて、俺はついつい笑ってしまいそうになるのを堪《こら》えながら台本の続きを演じた。

◆

……それからしばらく。

俺たちは台本にそって会話をしながら、自分たちの会話も同時進行していった。

最初は、台本に自分たちの素の会話を織り交ぜなければ恥ずかしさに死んでしまいそうだったからなんとなく始まった照れ隠《かく》しだった。だけど、いつのまにかこの珍妙《ちんみょう》な会話に面白《おもしろ》みを感じていた。

「『お、そっかじゃあ遠慮《えんりょ》なく……うん、こっちもウマいぜ。腕《うで》を上げたな花宮』なぁ……台本読んだ時から思ってたけど、この台本の男って偉《えら》そうだよな。腕を上げたな、って上から過ぎるだろ。俺たち、同級生の設定だろ？」

「『ホントに……？　腕にひよりを……ひより……よ、より！　よりを掛けて作ったんだからね！』　ああーわかる。イマドキこんな俺サマ男子いないよね」

花宮の演技自体は相変わらず棒なものの、それでも徐々にだけど演技をする恥ずかしさには慣れてきたのか、彼女の顔から緊張の色が薄《うす》くなってきていたし、それは俺も同じだった。

「『これも…………ううッ！』　誰《だれ》書いてんだろこの台本……イマドキ、こんなの書けるなんてある意味貴重だぞ……」

「『だ、大丈夫!?　ゴメンネ……おいしくなかった…………？』　それかラブコメを学習させたAIとか？」

「『まーたひっかかったなー花宮。大丈夫、とってもウマいよ』　あー……AIなら学習教材がまだ現代に追いついてないんだろうな」

「『もおーユウのイジワル！　バカ！　知らない！』…………っと、これで用意されてた台本は全部終わり……だったよね…………。あー、恥ずかしかった！」

そう言うと花宮は両手のひらをウチワのようにしてぱたぱたと顔を仰《あお》いだ。

「台本は終わったけど、弁当はまだ残ってるし全部食べちゃっていいか？」

「うん、せっかく作ったんだし食べて食べてー。私も食べちゃおっと。私もじつはたまご焼き好きなんだー」

花宮は台本が終わった安心感からか、ほっとした顔で嬉しそうにたまご焼きを摘《つ》まむ。さっきまで恥ずかしさで死にそうになっていたのに、今度はまるで小さな子どものような笑顔《えがお》でたまご焼きを頬張っている。

クラスでの花宮は、基本的にはいつも同じ顔で微笑んでたけどこんなにいろんな顔をするヤツだったんだな。

台本を噛んで恥ずかしがる真っ赤な顔に、嬉しそうにたまご焼きを食べる子供のような笑顔。屋上で見せた真剣な顔に、アレなセリフにゲンナリした顔。昼休みのたかだか数十分の間に花宮はころころと表情を変えた。

俺《おれ》の視線に気が付いたのか、たまご焼きを飲み下した花宮がこちらを向きふいに視線がぶつかった。

「うん？　どしたの？　ユウ。お……怒ってる……？」

「ほっとけ、元からこういう顔なんだよ」

「そうなの？　って、そう言えば前にもこんな話したね。で、私のこと見てた？」

安心したのか花宮の顔に笑顔が戻《もど》る。

「あー……なんていうか、花宮っていろんな顔するんだな……って思って」

「色んな顔……？　あーもしかしてユウ、私に見惚《みと》れてたなー？　なーんてね。もーユウのイジワル！　バカ！　知らない！　あはは」

今度は俺をからかうようなイタズラっぽい笑顔を見せると、最後は大きく口を開けて笑う。使う言葉や口調も心なしか砕《くだ》けて来たような気がする。

少なくとも俺は、花宮がクラスでこんな話し方をしてるのを聞いたことはなかった。

その顔は本当に心から笑っているように見えた。そんな花宮の楽しそうな笑顔に見惚れてしまったのか、箸《はし》でつまんでいたミートボールを落としてしまった。

箸から落ちたソレは俺の着ている白いワイシャツの上に落ち、胸の辺りに茶色い染《し》みをつくる。

白のワイシャツにこの茶色の染みはかなり目立つ。

すると、それを見ていた花宮はすぐに自分のカバンからウェットティッシュを取り出して俺に手渡した。

「これ使って？」

言われるがままに染みを拭《ふ》く。だけど、全然染みは落ちなかった。

「落ちないな。家に帰ってから洗濯《せんたく》すれば落ちるだろ」

「ダメだよ、そういうのはすぐにちゃんとしとかないと落ちにくくなっちゃうんだよ。私がやってあげるから、ちょっとボタン外して？」

「ボタン……？」

俺が聞くと、花宮はちょっとだけ口をとがらせる。

「もーワイシャツの胸のボタンだよ、ふたつかみっつ外してくれればいいから、ほら」

言われるがままにボタンを外すと、花宮はさっとウェットティッシュを数枚抜き取り両手に持った。そして、片方の手を俺がボタンをはずして大きくはだけさせたワイシャツの内側に入れると、もう片方の手を染みの上に置いた。

茶色い染みを挟《はさ》むようにしてギューっと押《お》し付けるようにしたり、ポンポンと叩《たた》いたりしてる。

「……こうして両方から挟んであげるとね、布の中の染みがウェットティッシュに移ってくの……。んー……もうちょっとかなぁー……」

染みの状態を確認するために俺のシャツに顔を近付ける花宮。

その拍子《ひょうし》に、ふわっと微《かす》かに甘《あま》い花宮のにおい。

平静を装《よそお》いつつも内心ドキドキしていると、花宮はそんなことにはまったく気が付いていない素振《そぶ》りでシャツを挟んだウェットティッシュを何度もギュッと押し付けたり、ポンポンと上から叩いたり。そのたびに俺の体には花宮の手が当たる。

「ちょっと花宮……近いから……大丈夫だから………！」

「んー……でもこうしとかないと後が大変だから……っと、よし、これでいいかな」

そう言うと花宮は俺のシャツの中に入れていた手を抜き、染みがあった部分のティッシュを離《はな》す。確認してみると、さっきまでそこにあった濃《こ》い茶《ちゃ》色の染みがキレイさっぱりなくなっていた。

「……おぉ！　ありがとな花宮」

「こういうのはすぐにやんなきゃダメだから。落ちて良かった。気を付けなきゃダメだからね？」

染みがキレイに落ちたからか、どこか満足げな顔の花宮に俺は返す。

「よく染み抜きの方法なんて知ってたな。なんつーか…………おばあちゃんの知恵袋《ちえぶくろ》……的な？」

「ひどいなー、私がおばあちゃんならユウは食べこぼしする子どもじゃん……って、この会話、さっきの台本みたいじゃない……？」

「ヤバいな……アオハコに毒されてきてる。なんか若者らしいコト言わないと」

俺たちは同時に声を上げて笑った。花宮の笑顔は本当に楽しそうで。普段、教室にいる時の同じ笑顔だけを見せる花宮と違って、コイツも俺と同じ世界に生きてるただの女の子なんだと、この時思った。

こんなことに気付けたのもひょっとしたらアオハコのミッションの効果だったりするんだろうか。

《二人の距離《きょり》の縮め方》ってタイトル通り、台本はアレだったけど早くもミッションの効果が出てきたってことなのかもな。

校舎から離れたひとけのないベンチ。

隣のころころと表情の変わる女の子が作ってくれた弁当を食べながら、見上げた空は青々とよく晴れていた。

◆

花宮の作ってくれた弁当を食べ終わると、ポケットの中でスマホが震《ふる》えた。花宮も自分のスマホを取り出そうとしているところだった。

「あ、ユウにも来た? ミッション終了《しゆうりよう》の通知かな。二人の距離、どれくらい縮まったんだろ」

花宮はそう言いながらスマホを立ち上げ確認する。

最初の方は恥ずかしさでお互い死にそうになってたミッションだったけど、だんだん俺たちの会話も砕けていき、最後の方は花宮との会話がとっても楽しかった。

花宮も多分、楽しんでたであろうことはなんとなく雰囲気《ふんいき》から伝わってきていた。

シーン①　終了
二人の縮まった距離　34％
現在の二人の距離　34％
獲得《かくとく》SP　34,000
残りシーン　9回

「34％だって！　ねぇユウ、見た？　コレって……結構うまくできたってことでいいんだよね？　そうだよね！」

全部で十回のチャンスが与《あた》えられる今回のミッションで、たった一回……しかも初回でこの進み具合は最高の結果だと言っても決して言い過ぎではないだろう。

喜ぶ花宮に頷きつつ、この結果には俺も純粋《じゅんすい》に嬉しくなった。

未《いま》だに正体がよく分からないこのアオハコだけど、こうして評価をされるってのは悪くない。早くも次のミッションが楽しみになっている自分がいることに気が付いた。

でも――

ひとつだけ気がかりなことがある……花宮のことだ。

隣でミッションの結果を心の底から喜んでいるように見える花宮だけど、彼女《かのじょ》はいったいなんでこんなアプリと出会ったんだ。

いや、出会っただけじゃない。

今日、俺と花宮は真剣にミッションに取り組んだ。だからこそ、こんな良い結果だったんだと思う。だけど、花宮はそもそもミッションを無視することだってできたハズ。

今日のミッションもだが、そもそも出会いのミッションの時点でアオハコを無視して屋上に来ない選択《せんたく》だってできたハズ。青春とは縁遠《えんどお》い俺ならまだしも、花宮はこんなアプリなんて使わなくたって青春のど真ん中にいたはずじゃないのか？

「な……なぁ、花宮……」

出会いミッションの時から気になっていた疑問を花宮にぶつけることにした。

「あー……花宮ってさ……。そもそも、なんでアオハコに？　あ、いや、別に変な意味じゃないんだけど……でも、こんなアプリに頼らなくたって充分《じゅうぶん》に正しい青春してたように見えてたけど」

するど、俺の質問を聞いた花宮は一瞬、ほんのわずかな時間だけそのきれいな顔を曇《くも》らせた。そして、さっきまでの笑顔を一変、今度は真剣な顔になると俺の目をじっと見つめる。

「私が正しい青春……か。そうね………………私がアオハコやってるのは私の為《ため》……。私、絶対に――――」

花宮が言いかけた言葉を、昼休みの終了を告げるチャイムの音が攫《さら》っていった。

「…………あ、昼休み、終わっちゃうね……。急いで戻らないと………。一緒《いっしょ》に戻ったら怪《あや》しまれちゃうもんね。アオハコのことバレるわけにはいかないし……。じゃあ、先に行くね……。次のミッションもがんばろっ！」

そう言うと花宮は手早く弁当をカバンにしまい、来た時と同じような小走りでベンチから去って行ってしまった。

ベンチにひとり残された俺は、さっき花宮が一瞬だけ見せた曇り顔が脳裏《のうり》に焼きついて離れなかった。あの顔、なんだったんだろ……。マズい質問だったんだろうか。

後に残された俺は、このまま素直《すなお》に教室に戻る気が起きず。しばらくこの静かなベンチに座《すわ》りいろんなことを考えた。今日のシーンのことに、次はどんなシーンが届くんだろうということ。台本を演じながら、楽しそうだったり、恥ずかしそうだったりした花宮のこと。そもそも、なんで俺と花宮がマッチングしたんだろうということ。……そして、さっきの花宮が一瞬見せた曇り顔のこと。

いろんなことが頭をぐるぐるとまわり、結局俺は考えがまとまらないまましばらくベンチに座っていた。

午後の授業にだいぶ遅《おく》れて教室に入った俺は、なにやってたんだという教師の質問に、すいません飯食ったら眠《ねむ》くなって寝《ね》てましたと答えて席に着く。

クラス中が苦笑《くしょう》に包まれる中こちらにチラッと向けた花宮の顔は、すでにいつもの、教室の真ん中にいる時の花宮の顔に戻っていた。

まぁ、このまま順調にシーンを重ねていって、ミッションのタイトル通り二人の距離を縮めていけばわかることもあるかもしれない。

二人の距離を縮めていけばきっと……。

――――この時はまだ、そう思っていた。

◆

それから俺たちには《シーン》が続けざまに届いた。

俺たちはそれを二人で協力してこなしていった。

届いたシーンの中には弁当の時みたいに台本が与えられているモノもあれば、無いモノもあったが、内容はどれもどこかの物語から切り取られた青春の一ページっぽくて、俺も花宮も懸命《けんめい》にクリアを目指した。

花宮の演技は相変わらず棒っぽくて俺は笑いを堪えるのがやっとだったりもした。

甘酸《あまず》っぱいシチュエーションも。どこか古臭い台本も。花宮とミッションに取り組む時間は恥ずかしくも楽しかった。やってる俺たちですらバカバカしいと思うような場面もあったけど、逆にそれが楽しくて、なにやってんだろうな俺らと言い合って自然と笑いがこぼれた事もあった。

だけど、現在――

シーン⑨　進行中

現在の二人の距離　34％

これが、今の俺たちの状況だった。

シーン①を終えた翌日には②が届いた。

俺たちは協力してシーン②を終えた。だけど《縮まった二人の距離》の獲得パーセントはゼロだった。

最初はなにかの間違《まち》《が》いかと思った。それか届いた指示を読み落としていたのか。どちらかだろう、と。その翌日にはシーン③が届き、同じように進め、やっぱり同じように縮まった距離はゼロ。結局、最初のシーン①以外ほんの1％すら獲得できていなかった。

俺は雨の降る夕暮れの街をとぼとぼと歩きながら、同じひとつの傘《かさ》の中で言葉少なに歩いている花宮に声を掛《か》ける。

「……………そっち、傘届いてるか？」

花宮はうつむきがちにぼそっと、うん、とだけ答えた。

⑨の内容はこうだった。

シーン⑨

雨が降ってきました。凪野ユウケイはあいあい傘《がさ》で花宮ハナを家まで送り二人の距離を縮めましょう。

　俺たちは今シーン⑨の指示通り、放課後、あいあい傘で花宮の家まで向かっている。

「…………雨、やまないな」

　傘の中で俺がぼそりと言うと、

「…………雨、やまないね」

　と、花宮もぼそりと返す。

　俺たちの上に広がる灰色の空と同じで会話も灰色。

　残すシーンは今のコレを含《ふく》めてもあと二つ。足りない《二人の距離》は66％。第二のミッションのクリアは、正直、望《のぞ》み薄だった。

　花宮も同じ気持ちらしく、最初の内はあれやこれやと二人で話し合ったりもしたけど、こと今に至っては完全に諦《あきら》めムードが漂《ただよ》っている。

　傘にあたる雨粒《あまつぶ》の音だけが耳に届く。

　俺は落ち込《こ》んでる花宮を元気付けようと、あえて明るいトーンで話し掛けた。

「あー……今回はどう……かな。少しは二人の距離、縮まるといいけど」

「そ……そうだね……。うん、がんばらないと……だよね……！　どうすればいいのかなあ……。今まで、いろいろ試《ため》しても全部ダメだったし……。でも、落ち込んでちゃいけないよね、がんばらなきゃ……うん………」

無理やり感が透《す》けて見える花宮の笑顔。

気丈《きじょう》に振舞《ふるま》おうとする花宮も、薄々《うすうす》このミッションの失敗を予感しているんだろう。

だけどどうすれば……。

ここにいたるまで何度も考えたけど答えは出なかった。だからせめて、隣を歩いている

元気のない女の子を少しでも元気付けようとこんな言葉を発した。

「まー……アオハコなんて使わなくても青春なんていくらでもできるんだ。ミッションが

ダメでもそんなに気にすることないよな」

すると、花宮は無表情な顔でポツリと呟《つぶや》いた。

「青春なんて――」

傘に当たる雨の音。

地面の水たまりを蹴《け》る靴《くつ》の音。

遠くから微かに聞こえる電車の音。

今まで耳に届いていた街の雑踏《ざっとう》が、花宮の次の言葉で全てどこかへ飛んで行った。

「――青春なんて、私には透明《とうめい》な膜《まく》の向こう側の話」

傘を持ったまま思わず足が止まる。

傘から花宮だけが出て行った格好になり、二、三歩歩いたところで俺が付いて来ていないことに気付いた花宮は振り返ると、どうしたの？　と小首を傾《かし》げた。

さっきの言葉、どういう意味なんだろう。

「あ……あぁ、わるい………」

そう言いながら花宮をもう一度傘に入れる為、小走りに駆《か》け寄る。

花宮を傘に入れさっきまでと同じ歩調で歩きながら考える。俺が知ってる花宮は青春の真ん中にいる。学校でも有名人でクラスの中心ポジション。そんな彼女が青春をそんな風に捉《とら》えている……。どうしてだ……と考え、ふと思い出した。

シーン①の最後に言いかけ、途中《とちゅう》でチャイムに遮《さえぎ》られた言葉。

『私がアオハコやってるのは私の為……。私、絶対に――』

この時の花宮の顔を。

それが、さっきの発言をした時の花宮の顔とダブって見えた。

《ミッション　二人の距離の縮め方》

コレはなにも、仲良くなるってことや、同じ時間をただ過ごすってダケではないのかもしれない。時には心の奥《おく》の方や触《ふ》れられたくない部分を触《さわ》らなきゃ縮まらない距離だってあるのかもしれない。

それが、アオハコが今の俺たちに求めてることだったりするんだろうか……。

今、花宮に踏《ふ》み込むことがアオハコのミッション達成に必要なのかどうか、正直わからない。だけど、今まで共にミッションに取り組み同じ時間を過ごしてきた俺から見た花宮は、どこにでもいるような普通《ふつう》の女の子に見えた。ミッションの最中、花宮は何度も表情を変えた。笑ったり、焦《あせ》ったり、恥《は》ずかしがったり。そんな普通の女の子が、教室とは違《ちが》う顔を見せるのはなぜなんだろう。

ミッションとは関係の無いところで。花宮のことをもっと知りたいと感じている。

自分の気持ちに正直に、アレ以来どこか聞きづらくって敢《あ》えて考えないようにしていた質問をもう一度花宮に投げかけてみることにした。

「なぁ、花宮ってなんでアオハコにこんなに真剣《しんけん》なのか……聞いてもいいか?」

すると花宮は、少し考えた後で静かに口を開いた。

「………卒業までに一千万円必要だから」

「一千万?」

思ってもみなかった答えに思わず大きな声が口からもれた。花宮はわずかに眉尻《まゆじり》を下げ困ったような笑顔で答える。

「驚《おどろ》くよね、いきなり一千万だなんて」

「あ……あぁ、驚いた。そんな大金、どうして」

花宮は俺の疑問をきくと、少し考えるような仕草をした後、短く息を吐き話し始めた。

「…………ユウって将来の夢とかある？」

「あー……まだなにも考えてないな。とりあえず大学には行こうと思ってるけど。花宮は？」

花宮は俺の方を見ず、真《ま》っ直《す》ぐ前だけを見ながら答える。

「私……ね……。誰にも話した事ないんだけど、むかしから……絵、描《か》くの好きで」

自分のコトを話すのが恥ずかしかったのか、隣で少し頬《ほお》を赤らめながら話す花宮に頷《うなず》き話の先を促《うなが》す。花宮は曇った空をまるで青空でも眺《なが》めるように目を細め見上げた。

「それで、絵を描いてたら今度はそれにお話を付けたくなって。もともと、本読むの好きだったし……。昔から学校生活は疲《つか》れることばっかりだったけど、家で絵を描いたり本を読んだりする時間は、なんか……自由だったから………」

顔を少しだけ曇らせた花宮はすぐにまたキラキラした目に戻り話を続ける。

「尊敬してる作家がいるんだ。イギリスの児童文学作家。お話も絵も自分で書いてて。登場人物たちが冒険《ぼうけん》するんだけどね、ドキドキハラハラするような冒険の時もあれば、時におかしな人がでておかしなことを言い続けたり、時に不気味な世界だったりして。それで――」

おもちゃを目の前にした子どものような顔で話を続ける花宮。

「――それで、いつか私もこんな世界を作ってみたい。自分でお話を作って、自分で絵を描いて。それを、いつかの私のような子どもに届けられたらなぁ……って。だから私、その作家みたいに自分で絵も話も書く児童文学の作家になりたいんだ」

「なん……か、すごい夢だな。あんま軽々しく言えないけど、俺も応援《おうえん》するよ。叶《かな》うといいな。でも……それと一千万とどんな関係が？」

この質問を聞いた花宮は、さっきまでのキラキラしていた目を曇らせる。

「その作家さんがね、今イギリスの美大で講師をやってるの。絵を教えたり、文学の講座を開いたりしてるんだって。私、その美大にすすみたくて」

「それで一千万……か」

だから花宮は最初からアオハコに真剣に取り組んでいたのか。好きな作家が講師を務める海外の美大に留学したい。でも、普通に過ごしていたら到底叶《とうていかな》わない。だから、こんな怪しげなアプリに一縷《いちる》の望みを託《たく》していた。

「うん……。受験するだけだって飛行機代にホテル代にで数十万。受かったら入学金に四年間の学費。向こうでの生活費だって必要だし。うちは普通の家庭だから、海外留学……それも美大なんてとてもムリ。それなら最低いくらあったら叶うのかなって計算したらだいたい一千万だった。ウチの学校バイト禁止だし……だから、アオハコで青春しながらSPでそのくらい貯《た》められたら……って。怪しいとは思ったけど、でも……怪しいなら大金が手に入るかもしれない。青春もしたかった。お金も必要だった。でも……ミッション、全然うまくいかないね」

花宮はそう言って困った顔で笑った。

「そっ……か……。で、でも、アオハコのミッションがダメでもなんかこう………上手《うま》い方法とかねーかな……。先生に相談してみるとか、あ、友達にも相談してみたり――」

すると、俺の言葉を遮るように花宮は続ける。

「それも無理なんだ。みんなの中の花宮ハナは相談なんてしないから」

「そんなことないだろ。逆に花宮から相談を持ちかけられたらうれしく思うヤツだっているもんだけど………あー……そっか――」

花宮の言ったことを否定しようとしてあることに気が付き、続く言葉を変えた。

「――そっか、だから、ダメなのか……」

なにも言わない花宮に俺は続ける。

「花宮が誰かに相談したとすると相談されなかったヤツが出てくる。選ばれなかったソイツはきっとこう思う。『なんであの子には相談して、私にはしてくれないんだろう』って。そこからバランスが崩《くず》れて面倒《めんどう》なことになる……。だから、花宮ハナは相談ができない」

「………うん」

花宮は小さく頷いた。

「うちのクラス、仲良さそうに見えるけど結構みんな自分勝手だからなぁ……」

花宮が言った言葉に俺は続ける。

「あー……仲がいいっていうか、仲良くなれなそうなヤツには近付かないことでバランスとってる的な部分あるよな」

俺らのクラスは表面上何の問題もないものの、グループごとにきっちりと分かれていて普段《ふだん》交流がないヤツらとはほとんど話をすることもない。

俺の言葉に花宮は頷く。

「うん……そうなんだよね……。みんな、他のグループとは全然交流なくって……。だから、今のグループの中で問題が起きないようにしなくちゃいけないんだよ。逃《に》げ場所《ばしょ》がないから。だからね……」

ここまで言うと、花宮はいったん言葉を止めふっと短く息をはく。

「……だから、花宮ハナは相談できない。バランス崩れちゃうし……。私、昔っからなぜかみんなのまとめ役っていうか、中心っていうか……。そんなポジションに置かれちゃうこと多くって……。だから今みたいな状況《じょうきょう》にはもう何も感じない。……けど、たまーに疲れちゃうよね」

花宮が時折、クラスの真ん中でふ……とみんなから顔を逸《そ》らし、表情を消していたのはそういう意味だったのか。

——透明な膜の向こう側。

調整役に徹《てっ》して、自分の役割を演じることの疲れ。普段はきちんと花宮ハナを演じていても、時折ふっと力が抜《ぬ》ける。俺は、その時の顔を見ていたのだ。

「でもね、ユウ。私と似たようなことしてる人、クラスにもう一人いるの、知ってる？」

花宮はそう言いながら俺の目を覗《のぞ》き込む。

きれいな花宮の目をじっと見ていると、なんだか照れくさくなって俺は目を逸らしながら答える。

「他にそんなヤツいるか？」

俺が質問を返すと、花宮は俺の方を見て答える。

「ユウ……あなたのことだよ。ほら、覚えてる？　クラスで最初に委員を決めた時のこと」

「委員決め？　あー……あの時か……」

新しいクラスになって最初のＨＲ。

クラス委員を決める時、女子はなんとなくクラスの空気が花宮を押し上げ、彼女はソコに収まった。それに異論を唱える者は一人もいなかったし、完全に自然な流れに俺からも見えていた。

だが、男子は誰もおらず誰が手を挙げるかみんなでジリジリと待っているうち、変な空気になってきたことがあったのだ。

ぼそぼそと、花宮さんと一緒に活動できるならやってもいいかなとか、俺……手挙げちゃおうかな……みたいな、おおよそクラス委員には立候補しなさそうなヤツが何人かソワソワし始めた。

それを見ていた俺は、そんなヤツが手を挙げたら、多分、クラスの空気がおかしなことになるな、と感じた。そんな矢先、俺の隣《となり》の席のソワソワしてた男子が手を挙げそうな雰囲気を出していた。

俺はなんとか空気を変えたくて……。

「あの時……なんとなく空気変えたかったんだ。なんかみんなおかしくなってたし」

「だからって、真っ直ぐにピーンと手を挙げて『せんせー！　おしっこ！』って……小学生じゃないんだから、まったくもう」

傘の中の花宮がくすりと笑う。

その時の俺はどうしたら空気が変わるか考えた。でも、自分に出来ることなどたかが知れている。俺自身が立候補するのもキャラじゃない。だから、思いっきり間抜《まぬ》けな行動をとってクラスの緊張《きんちょう》をほぐそうと、大きな声でトイレ申告《しんこく》をしたのだ。

そしたらクラスからくすくすと笑いが漏《も》れ、なんとなく張りつめていた空気が変わり、手を挙げようとしていた男子は手をひっこめ、代わりにそこそこイケメンの大人しそうな男子が、じゃあ僕《ぼく》がやろうかな、と言って手を挙げた。

「その時、別にトイレとか行きたくなかったでしょ。クラスの空気を察して、そう言ってくれた」

「………気付いてたのか……」

「そりゃークラスの調整役ですから。……だからユウとマッチングしたとき、なんか納得《なっとく》しちゃったんだ。この人となら、こんな私でも、青春……できるんじゃないか、って」

傘の中に花宮の声が響《ひび》く。

「これで私も青春できるかもって思ったんだ。それに、上手くミッションを達成していけば報酬《ほうしゅう》だってもらえる。そうしたら一千万だって夢じゃないかもしれない。もし目標金額まで届かなくっても、いつか絶対にお金を貯めて留学する。その時の足しにできるから」

そう言って前を向く花宮の横顔は強い意志と決意に満ちていた。

今この時点で、最初の出会いミッションとシーン①を終えたときのものを合わせると、八万SPほど獲得している。学校に内緒《ないしょ》で時給千円程度のアルバイトをするより、よほど効率はいい。どの程度の頻度《ひんど》でミッションが来るかは未知数だが、これを積み重ねていけば一千万円を貯めることだってあながち不可能ではないのかもしれない。

花宮はアオハコで獲得できるかもしれないSPに自分の将来を賭《か》けている。

そんな花宮の気持ちを知り、心の奥にむずがゆさを感じた。花宮が留学費用なら、俺は……一体SPをなにに使うんだろう……。花宮のような真剣さが自分に無かったことが急に恥ずかしくなった。

傘にあたるザアザアという雨音が耳の中でどんどん大きくなる。

それでも、今はこのミッションをクリアしないとそもそもテスター権限を剥奪《はくだつ》されてしまう可能性だってある。ひっそりと湧《わ》き上がった居心地《いごこち》の悪い感情は一旦《いったん》置いといて、今は目の前のミッションに集中するべきだ。

耳の中から雨音を追い出しつつ花宮に頷いて見せると、彼女は先を続けた。

「だから……私でも青春できて、それで学費も稼《かせ》げたらっていうのが、私がアオハコをやってる理由。でも――」

そこまで言うと、花宮は俺の方を向いて寂《さび》しそうに笑う。

「――でも、無理みたいだね。二人の距離、全然縮まらないし。青春も。留学も。アオハコに出会うまでは諦めてたのに。諦めなくてもいいのかも……って思って。でも、やっぱりダメなのかな……。なんか、ツライなぁ………」

俺は花宮の言葉に何も返せなかった。

花宮は曇らせた顔を無理やり笑顔に戻すと突然《とつぜん》、俺が傘を掴《つか》んでいる手に触れた。

「あーあ！　ユウに言ったらなんだかスッキリしちゃった。よしっ！　そろそろ傘、替わるよ。ずっとさしてもらって悪いし」

そう言いながら花宮は、両手で俺が傘を持ってる手を包んで傘を受け取ろうとした。

シーン①の時、染み取りしてくれた時に触れて以来、花宮と身体的な接触《せっしょく》が無かった俺は思わず、突然触《とつぜんふ》れた花宮の手におどろき傘をバッと避《よ》ける。

「な？　い、いや大丈夫《だいじょうぶ》！　大丈夫だから！」

「なに言ってんのよ。さっきから気を遣ってくれてるのバレバレ。わかってるから。ほら、その肩《かた》」

俺の傘の外側の方の肩を指差す花宮。

花宮が濡《ぬ》れないよう、花宮寄りに傘をさしていたのが見抜かれてたらしい。

「ほらっ、私持つから。貸して？」

そう言って傘を受け取ろうと花宮の差し出した手がまた俺の手に触れる。

「いやいやいや、ほんとマジで大丈夫だから」

「……ユウって意外と強情《ごうじょう》だよね。でも……私も負けないから！」

結局。

何度も花宮の手に触れるのが気恥《きは》ずかしくなった俺が六回目のやり取りで折れ、花宮にさしてもらった傘で彼女の自宅の傍《そば》まで歩いた。


「……私の家、もうすぐそこだから。この辺でいいよ」

花宮に傘を持ってもらってからもしばらく歩いていたが、住宅街の一角で花宮がふいに歩みを止めた。それと同時に俺のポケットに入っていたスマホが震えた。花宮のスマホにもなにかの通知が来たようで、傘をさしたままスマホを取り出そうとしている。

「……通知。同時に来たってことは……アオハコから……だよな」

「うん……多分……。シーンが終わった通知……だよね……」

どうせ今回もゼロ％なんだろうか。

俺は期待もせずスマホを確認《かくにん》した。

シーン⑨　終了
二人の縮まった距離　６％
現在の二人の距離　40％
獲得ＳＰ　6,000
残りシーン　１　回

画面を見て驚いた。

花宮の方を見ると、やっぱり彼女も驚いた表情をしている。

「今日のが６％……？　今までと何が違ったんだ……？　ダメだ、全然わっかんねぇ……」

花宮はしばらく考えると口を開く。

「……もしかして、私がユウに悩《なや》み事《ごと》を話したからかな……。二人の距離を縮めるってそういうこと……？」

一瞬《いっしゅん》、それが正解かと思った。

これまで、俺たちは今日みたいな真面目な話をほとんどしたことはなかったから。

でも――

俺は花宮の方を向く。

「でも、それだと一回目の時に34％も獲得できた理由がわからない。あの時、俺たちこんなに真面目な話ってしてないと思う」

「……確かに。だとするとなんだろう……。どうやって距離が縮まったんだろうね」
①から今日の⑨まで、俺たちはどれも手を抜かず真剣にやっていたのだ。でも、一回目が34％。それ以降の全てがゼロ％で、今日、突然６％。これはどういう意味なんだろう。
しばらく二人、傘の中で考えていたがやっぱり答えは出なくって、時間だけがただイタズラに過ぎていき、そして結局、俺たちは正解へのとっかかりすら見つけられなかった。

「ダメ……全然わかんない……。このままここで考えてても濡れちゃうし、次のミッションが来るまでもうちょっと考えてみるね……あ、傘、コレ、ユウのだよね。はい」

俺に傘を差し出す花宮。

「あぁ……俺も考えてみるよ………」

傘を受け取ろうとして、また花宮の手に俺の手が触れた。

やっぱり、肌《はだ》と肌が触れると少しドキッとするというか、甘酸っぱいような気持ちになる。花宮の手が触れた部分だけ、なんだかちょっと熱を帯びているような気さえしてしまう。

「それじゃ……また、学校で。バイバイ」

そう言って振《ふ》り返る花宮。

熱を帯びた手で傘を持ちながらミッションの事を考える。

一回目と今日の九回目。34％に6％。そして、それ以外の時のミッションとの違い。

雨の中、傘を出ようとこちらに背中を向ける花宮。

傘に当たる雨粒の音。

熱を帯びたような手。

傘を出て行こうとする花宮の背中を見ながら俺はあることに気が付き慌《あわ》てて呼び止める。

「…………花宮！」

「きゃあ！　な、なに？　突然、大きな声で……」

「俺……もしかしてわかったかも…………二人の距離の縮め方――――」

◆

「ねぇ、ホントにこうして乗ってるだけでいいの……?」

俺が漕《こ》ぐ自転車の後ろから花宮の声がする。

「あぁ、俺の推測が正しいならきっとこれで大丈夫なハズ。それより、もうちょっとしっかり捉《つか》まっててくれ」

俺は、自転車を漕ぎながら後ろの花宮に声を掛ける。

昨日まで降っていた雨も上がり、雲の隙間《すきま》から日差しが射《さ》し込んでいる。

俺たちは今、アオハコから与えられたミッションの遂行《すいこう》中だった。

ミッション⑩

放課後、凪野ユウケイは自転車の後ろに花宮ハナを乗せて二人の距離を縮めましょう。

花宮を俺の自転車の後ろに乗せ行くあてもなく自転車を漕ぐ。

背中に花宮の温度を感じながらペダルを踏む。しっかり捉まってと言われた花宮は素直に俺の体に腕《うで》を回し、落ちないように捕まってくれている。

⑨のあいあい傘のシーンを終えた時、俺は一つの仮説を思いついた。そして、今はそれの立証中である。もちろん、確実に成功するという保証はないが、考えうる限りもっとも可能性の高いと思われる方法だ。
「ねぇユウ、大丈夫？　わ、私、重くない……？」

前回久しぶりに二人の距離《きょり》は縮まったものの、クリアの望みが薄《うす》かった俺たちは、最近シーンの最中も空気が重くなりがちだった。そんな空気をなんとか払拭《ふっしょく》したくて、俺は敢えて冗談《じょうだん》めかして気合を入れる。

「大丈夫……全然重くな……もってくれよ……俺の両足ッ！」

「えええ、そんなには重くないから……。まったくもう……。いいぞ、その両足が千切れるまで前に進めー！」

一瞬《いっしゅん》慌《あわ》てた花宮もすぐに俺の冗談に乗ってくれた。

最近の俺は、徐々《じょじょ》にだけど花宮の前で素の自分が出せるようになっていた。こんな軽口も出てくる。

クラスでは無難に過ごそうとするあまり自分を殺すこともあった。だけど、アオハコのミッションは無難なだけではクリアできない。無難な奴《やつ》は目《め》隠《かく》ししてスカートの下に入ったり、ラブコメじみた台本を演じたりしないからな。

それに……先日の雨の日みたいに花宮の心に踏み込もうともしない。

そして、それは花宮も同じなんじゃないかと思う。

クラスでこんな冗談を言ってる花宮を、俺は今まで見かけたことはなかった。

そっと後ろを振り返る。

自転車の後ろ。荷台に横に腰《こし》かけ、前に進む風にさらさらの髪《かみ》がなびく。俺の体にすらっとした腕を回し、もう片方の手でゆっくりと髪を耳にかけながら眩《まぶ》しそうに目を細めている花宮は……キレイだった。

もともとキレイだとは思っていたけど、こうして俺の後ろで……しかも俺に捉まってる花宮についつい見惚《みと》れそうになるのをガマンして前を向き自転車のペダルを踏む。

学校帰り。女の子を自転車の後ろに乗せ……。

アオハコの説明に『理想の青春相手とマッチング』とあったけど、ミッションのおかげでこうしてある意味理想の青春の一ページを送れてるのかもな。

そう思うと自転車を漕ぐ足にも自然と力が入る。

俺がグンと少し強く自転車を漕ぐと、花宮も俺の体に回している腕にグッと力を入れ俺の体をきつく抱《だ》き寄せる。俺の背中に花宮の体がくっつき、制服越《ご》しに柔《やわ》らかな感触《かんしょく》が伝わってくる。

これってもしかして……けど、このままじゃ花宮に悪いよな。

花宮は気付いていないのか、俺の背中に自分の胸の辺りを密着させている。なんだか花宮に申し訳ないような気がして、背中の感触を頭から振り払《はら》うためにもう一度強く自転車を漕ぐ。

――それが逆効果だった。

「ど、どうしたの？　急に速くなったけど？」

そう言いながら俺の体にギュッと密着するように両手を回してくる花宮。さっきよりもよりダイレクトに俺の背中に柔らかな二つの感触が伝わってきて、余計にペダルを踏む脚《あし》に力が入る。

「ね、ねぇユウ、どしたの？　両脚、千切れそうだったりする？」

「あー……なんていうか……背中にあたってるぞ……」

「背中にあたる？」

俺の言葉を聞いた花宮はなにがあたってるのかを確認し、そして全てを理解した。

「ちょ、ちょっと！　…………あ、あたってた……？」

恥ずかしそうに言う花宮に俺は正直に答える。

「…………柔らかかった」

　すると、花宮はふっと鼻から息をもらして笑った。

「まったく……まぁ、別にしょうがないよね。ミッションだもんね」

「そうだよな。全然しょうがない。だからもう一度背中にくっつけてもいいぞ」

「その場合、あとで背中の皮を剥《は》ぎます」

　そう言って俺たちは笑いあった。

　俺が花宮に素を出せるようになってるように、花宮もまた俺の前では素直な言葉でしゃべってるのかもしれない。花宮のヤツ、結構冗談言うヤツだったんだな。

　こうしてしばらくの間、俺は自転車を漕いだ。


　どれくらい二人で走っていただろう。気が付けば俺たちは、学校からずいぶん離《はな》れた場所まで来ていた。西の空に沈《しず》みかけた太陽が空をオレンジ色に染めている。

「……なんか、これで失敗したらゴメンな」

　俺がそう言うと、花宮は静かに言った。

「ううん、別にいいよ。ユウが悪いワケじゃないし。でも、どんな作戦なの？　私、本当にこのまま乗ってるだけでいいの？　なにかやれることある？」

「あー……このままで大丈夫……だと思う。俺の仮説、間違ってるかもしれないし……。全部言うのは出来れば終わってからで」

するると、花宮は俺の後ろでコクッと頷いた。

「……わかった。私はクリア条件なにも思いついてないしユウに任せる。……でも、なんかね、今……ミッションとかどうでもいい気分かも。楽しかったし。なんか今、青春してるなーって思えたから……。なんかこういうの……青春っぽいな……って」

青春っぽい……か。

昔、今の花宮と同じセリフを言ったヤツがいたことを思い出しふっと息を漏らす。

俺の様子に気付いた花宮が後ろから声を掛ける。

「………ねぇ、この前、なんで私がアオハコに一生懸命《いっしょうけんめい》なのかって話したけど、ユウはなんでなのか……聞いてもいい？」

確かに、俺のことはあまり話してなかった。

「………俺みたいなヤツには青春なんて送れないって思って悩んでた。そしたらアオハコに出会ったんだ。正しい青春を送りたい……そう思って」

「私が言えたことじゃないかもだけど、誰《だれ》にだって青春を送る権利はあると思うけど……。

なにか理由でもあるの？」

夕暮れの街。

自転車の後ろから聞こえる花宮の声に、自分のことを話すことに自然と抵抗《ていこう》がなくなっていた。

「俺が青春すると誰かが傷つくから。だから俺は諦めてた。諦めて無難に過ごそうと思ってたんだ」

「傷……つく……？」

あまり人にしたい話じゃない。心の奥にずっとしまっておきたいと思って、なるべく思い出さないようにしていた出来事。

だけど、以前に花宮の理由も聞いたんだ。俺だけ話さないのもズルいような気がする。

それに、顔に当たる心地《ここち》よい風と花宮の声に、俺は今まで心にあった蓋《ふた》がするっと開いたような気持ちになった。

「あぁ……俺は昔、青春したことで人を傷つけたことがある」

花宮は黙《だま》って俺の話を聞いている。

「……俺には幼馴染《おさななじみ》の知り合いがいてさ。一つ年下の女の子。親同士も仲良くって、兄妹《きょうだい》みたいに育ったんだ。どっちがどっちの家かわかんないくらい」

自転車の後ろから小さな笑い声。

「小さいのに生意気なヤツでさ、名前をミツキって言うんだけど……親とか年上のヤツなんかにも平気で口答えしてる姿をよく見かけた。でも、俺にはいつも素直《すなお》だったな。本当の妹みたいにいっつも後ろをくっついて来て、俺はそれがイヤじゃなかった。それに、その頃《ころ》の俺はなんていうか……まだ、真っ直ぐだったんだ」

自転車の後ろ。花宮は俺の昔話を静かに聞いている。

小さい頃の俺はいわゆるヤンチャを絵にかいたような子どもだった。

外で遊ぶことが大好きでイタズラ好き。いつもみんなの先頭になって遊びの提案をしていたし、ミツキはもちろん、クラスの友達もそれについて来てた。

輪の中心だったかどうか、今となっては分からないけど、当時の俺は《中心》とか《外側》とか、そんな事なんて考えず、ただ目の前の楽しいことに夢中になってるダケの子どもだった。

中学の頃には流石《さすが》に外で駆けずり回って遊ぶことは無くなったけど、友達とバカやって、学校のイベントなんかにも積極的に取り組んで。そのことをミツキに自慢《じまん》げに話したりして。ミツキはそんな俺の話を大きな瞳《ひとみ》をキラキラさせながら聞いていた。

今思えば、あの頃の俺は確かに青春してたんだと思う。青春の正しい過ごし方なんて考えたことも無かった。

事件が起きたのは俺が中学を卒業した年の春休みのこと。

ミツキが俺の家に訪《たず》ねてきてこう言った。

『一緒《いっしょ》に家出して』

話を聞くと親とケンカしたと言っていた。もっとも、ミツキが親とケンカするのはしょっちゅうで、そのたびに俺の家に一晩泊《と》まって行くなんてこともよくあったし、たいてい翌朝にはケロっとした顔で自宅に帰っていた。だけど、今回はちょっと根が深そうだった。

何があったかはあえて聞かなかったけど、いつもは顔を真っ赤にしてプンプン怒るミツキが、その日に限って顔を曇《くも》らせ静かに心を痛めていた。

もう家には居たくない。だけど、いつもみたいに俺の家に泊まっても隣だからすぐに見つかってしまう。だから、ドコか遠くに行きたい。それで、一人じゃ心細いからついて来て欲《ほ》しいと、いつも生意気なミツキがその時、俺の前で珍《めずら》しく泣いたんだ。

俺はすぐに家出の準備をした……と言っても中学生のできることだ。リュックに適当な着替《きが》えと戸棚《とだな》にあったお菓子《かし》を入れ、財布《さいふ》には机にしまってあった全財産を入れた。

夕方。陽が沈む前、こっそり家を出た。

行くあてなんてドコにもなかった。ただ遠くに行ければそれでいい。

家から離れて行ってるという事実だけがあればよかった。

駅まで行き、適当な切符《きっぷ》を買う。

最初は楽しかった。

だんだん生まれ育った町が遠ざかっていき、知らない景色になっていく。高いビルだらけだった風景からだんだん高い建物が減っていき、次第《しだい》に畑や田んぼが混じっていく。

この電車が、俺たちをどこか見知らぬ世界に連れて行ってくれるんじゃないかって気すらしていた。

電車の中。知らない風景を見ながらミツキが言った。

『なんだかこういうの……青春っぽいね』

俺もそう思った。

無鉄砲《むてっぽう》な家出計画。このまま一生家出を続けるなんてできないコトが分からないほど子供ではない。それはお互《たが》い分かってる。それでも、何もしないで適当に折り合いつけられるほど大人じゃなかった。

空がすっかり真っ暗になり、車窓から見える景色に民家の灯《あか》りすらほとんど見えなくなった頃、俺たちは電車を降りた。

降りた理由も、ただ何となく人が少なそうだったからとか、そんなだったような気がする。

きっと俺もミツキも疲れてたんだと思う。

そこは田舎《いなか》の無人駅だった。

真っ暗な駅舎には誰もいない。駅の時計は二十三時を回っていた。

誰もいない駅舎のベンチにふたり無言で腰掛《こしか》けた。

多分、この時には俺もミツキも家出の終わりを感じてたんだろうな。

無鉄砲な家出計画もそろそろ終わり。互いの携帯《けいたい》には親からの着信が山のように届いていた。

ベンチに腰をおろしため息をひとつ吐《つ》いた俺の顔にはきっと、長い時間電車に乗っていた疲れが滲《にじ》んでいたんだと思う。俺がミツキの顔を見ると、ミツキも俺の顔を見ていた。

その眼には、家出をやりきった満足感と、これから親にこっぴどく怒《おこ》られる後悔《こうかい》とがちょうど半々くらい。

これから俺たちは親にものすごく怒られるだろう。だけど、きっとそのうちそんなこともいい思い出になる。無茶《むちゃ》で無鉄砲な事をした青春の一日になる。

――今日、俺たちがやったことは青春っぽいなにかだ。

その時の俺はそんなふうに思った。

だけど、青春はいい思い出ばかりを俺に残してはくれなかった。

三月の夜はまだ冷える。

俺たちは昼から何も食べてなかったし、親に連絡《れんらく》する前にせめてなにか体を温められるようなものでもあればと思ったけど近くに店はなさそうだった。駅舎の外を見渡《みわた》すと、遠くの方にぼんやりと自動販売機《はんばいき》の灯りが見えた。

俺はミツキに、駅舎のベンチに座《すわ》って待ってるように言い灯りの方へと向かう。

なんで一緒に行かなかったんだろうって今でも思う。

俺が歩いてしばらくすると、背中からミツキの声が聞こえてきた。中学生の女の子が一人で誰もいない駅舎にいるのが不安だなんてちょっと考えれば分かるはずなのにな。

振り返ると、一緒に行く、と言いながら俺に走って追いつこうとするミツキが見えた。

次の瞬間《しゅんかん》、ミツキが空を飛んだ。

路地から急に出てきた車に勢いよく跳《は》ね飛ばされたんだ。

空を舞《ま》うミツキがスローモーションになってゆっくりと回転し、地面に叩《たた》きつけられる場面を、俺は一生忘れることはできないだろう。

「それで……ミツキちゃんはどうなったの……?」

「奇跡的《きせきてき》に大きなケガはなかった。車はミツキに気付いてすぐに急ブレーキを踏《ふ》んで、ぶつかった時点ではそれほどスピードは出ていなかったらしい。でも――」

体に回された花宮の手にギュッと力が入る。

俺はただ前を向き、ペダルを踏みながら答える。

「――でも、顔に傷がついた。地面にぶつかった衝撃《しょうげき》で頬《ほお》がざっくり切れた。医者の話では、大人になる頃には消えてるだろうけど、しばらくは跡《あと》が残るだろうって……。あの時、俺が家出の誘《さそ》いに乗らなかったら……。一緒に自販機《じはんき》まで行っていたら……」

俺の軽率《けいそつ》な行動が一人の女の子の顔に傷を負わせた。

「今でも思い出すんだ。あの日、電車の中でミツキが俺に『青春っぽいね』って言った言葉を。俺はミツキの家出にかこつけて、あの瞬間を楽しんでいた。無茶なことをする無鉄砲さを。これも青春の一日だとかなんとか思いながら、すげー青春っぽいなとか思いながら年下の女の子を連れ回し、その結果にまで俺は何も考えが及《およ》んでいなかった」

夕暮れの街をペダルを踏みながら続ける。

「それ以来、俺が青春すると誰かが傷つくんじゃないかって思うようになった」

「それってユウが悪いワケじゃない……と、思う……」

「あぁ……自分でも分かってる。その後、俺たちは互いの両親からこっぴどく怒られた。けど、それは家出についてのことで、ミツキの怪我《けが》についてはミツキの不注意が招いたことだから気にするなって、向こうの親や、当のミツキ本人からも言われたよ。傷自体も小さかったし、大人になれば消えるだろうからそこまで気にすることじゃない……って。けど、どうしても考えちゃうんだ。俺が青春することで誰かが傷ついたら……って」

花宮はちいさく、そっ……か、とつぶやいた。

「それで、高校生になってからは無難に過ごすことだけを考えてた。自分のポジションを見極《みきわ》め、どうやってそこに無難に収まっていられるかを考えて過ごした。そしたら、周りの事が良く見えるようになった……クラス委員決めの時みたいに」

ミツキの一件以来、俺はなにをするのも怖《こわ》くなった。

青春を口実に無茶することでまた誰かを傷つけるかもしれないと思ったら、今まで何も考えずにできてたことができなくなった。何も考えずにしていた会話も言葉を出す前に一旦ブレーキがかかるようになった。

自分が周りに与《あた》える影響《えいきょう》を考え、無難に、波風を立てないためにはどうすればいいのかが俺の中での最優先事項《じこう》になったのだ。

花宮は俺の話を黙って聞いている。

「そうやって一年間なんのトラブルも起こさず誰も傷つけず無難に過ごしきった。けど……そういうのもなんか違《ちが》うなって思った。だから、そろそろ俺も前みたいに学校生活を楽しんでもいいかも……って思ったんだけど、でも、その時にはもう青春の過ごし方をすっかり忘れちゃってた。どうやって楽しめばいいのか、どうやって自分を出せばいいのか。なにがどうなったら青春なのか……さっぱり分からなくなった。分からなくて悩んで……それでアオハコに出会った。アオハコなら、俺が忘れた青春の過ごし方を思い出させてくれるかもしれないって思って」

花宮は俺の話を聞くと体に回した手にギュっと力を入れた。

花宮の手は温かくって、どこか、俺の心に付いた傷跡《きずあと》に触《ふ》れてくれてるような痛痒《いたがゆ》さがあった。

「私たち……青春の練習をしてるのかもしれないね」

花宮の言葉は俺の苦い思い出をほんのすこし癒《いや》してくれるような響きだった。

◆

自転車を漕ぎだしてかなりの時間がたった。

俺の脚も千切れこそしないものの、それなりに疲《つか》れが溜《た》まってきてペダルを踏むのもやっとだ。

そろそろいい頃合《ころあ》いだろう。

俺がそう思っていた矢先、ポケットの中のスマホが震《ふる》える。

「……………俺のスマホには……来た」

「私にも……」

さっきまでの楽しくて爽《さわ》やかな空気は一変。緊張感に包まれる俺と花宮。

慎重《しんちょう》にブレーキをかけ道端《みちばた》に自転車を止める。しばらくぶりに地面に足を着ける。

花宮も荷台から降り、俺に向かってコクリと無言でうなずいた。

俺たちは真剣《しんけん》な顔でスマホを確認する。ホーム画面から青い箱のアイコンをタップしアオハコを起動する。

真っ白いシンプルな背景に青い箱のイラスト。そのイラストで描《か》かれた青い箱がパカッと開き、やがてアオハコのトップ画面が現れる。画面の中央にはこう表示されていた。

シーン⑩　終了《しゅうりょう》
二人の縮まった距離　60％
現在の二人の距離　１００％
獲得《かくとく》ＳＰ　60,000

残りシーン　０　回

ミッション　二人の距離の縮め方　達成
おめでとうございます。
無事、二人の距離は近付きました。
達成特別ポイント　300,000ＳＰ　を進呈《しんてい》します。
次回のミッションまでしばらくお待ちください。

俺たちは同時にスマホから顔を上げると、互いに視線を合わせた。

俺の口から自然と声が漏れる。

「クリアした……のか……？」

花宮は驚《おどろ》きと嬉《うれ》しさとが入り混じった顔で俺をマジマジと見ながら俺の手を取って喜んだ。

「クリアって……こと……？　ホントに？　それに、達成ポイントこんなに。ユウすごい！　ありがとう……もうダメかと思ってた……本当に……ありがとう……」

喜びに顔を上気させながら俺の手をギュッと握《にぎ》る花宮。

暫《しばら》く喜び合った後、花宮が眉《まゆ》をひそめた。

「でも、なんでクリアできたのかな……。ユウの仮説があってた……ってこと……だよね……？　ねぇ、今日、なにか特別なことでもやってたの？」

「あぁ、多分だけどあってたんだろうな……。でも、特別なことはなにもやってない」

俺の言葉を聞いた花宮は小首をかしげる。

「うん？　それってどういう……」

頭の上からハテナマークを出している花宮に、俺が立てた仮説……このミッションの達成条件を説明した。

「俺たちは今日、一緒に自転車に乗ってたダケだよな？　それで達成度を60％獲得してクリアした。だろ？」

俺の言葉に、うん、と頷《うなず》く花宮。俺は先を待つ彼女《かのじょ》に続ける。

「シーン⑨の時の結果を見て考えたんだ。シーン①やシーン⑨の時と、それ以外で何が違うんだろう、って。①や⑨の時だけやったことってなにかと考えた時、その二つに共通するものがあることに気が付いた。だから、今日はそれをやってみた……ってか、自然にそうなったんだけど」

「共通するもの？　私たち、その二回ってなにか特別なことしてたっけ……」

その時のことを思い出そうとする花宮。

「ん——……一回目の時は確か、恥《は》ずかしい台本を読まされて、二人でお弁当を食べて……。そういえばユウ、ミートボール落としちゃったよね」

「それだよ。あの時俺はミートボールを落としてシャツに染《し》みを作った。それを花宮が丁《てい》寧《ねい》に、俺のシャツに手を入れてきれいにしてくれた。俺の胸の辺りに花宮の手を入れて。アレ、結構恥ずかしかったんだよな」

「そうだったね。ユウ、恥ずかしがってたもんね。……でも、それだよ……って？　どういうこと？　もう、ちゃんと教えてよ」

頬をふくらませ俺の説明を待つ花宮に、微笑《ほほえ》ましさを覚えながら軽く謝《あやま》ると先を進める。

「わるいわるい、シーン①の時はシャツをキレイにしてくれようとした花宮の手と俺の胸が何度も触れただろ？　なら、シーン⑨の時はどうだったか覚えてるか？」

「ん——……あの時は確か、私が傘《かさ》をさそうか？　って言って何度か傘の奪《うば》い合いみたいになって……手が……もしかして——」

ここまで言って花宮は気が付いたようだ。

俺は続ける。

「逆に②から⑧の時は、俺たちは一度も互いの体に触れなかった。⑨の時、久しぶりに花宮に触れたって思ったのをよく覚えてるから間違《まちが》いない。《二人の距離を縮める》なんて書き方だったから、精神的なこと……仲の良さみたいなことかと思ってたけど、単純に物理的というか、肉体的な距離のことなんじゃないかって思ったんだ。だから、規定回数や規定時間、接触すればいいんじゃないかって。……だから今日のミッションで最初に言ったよな。しっかり捉まってろよ、って」

「そういえば言ってた……。私がずっとユウに捉まってたから、それが接触したって判定されてクリアできた……ってことなのかな」

「結果的にクリアできたってことは、多分、間違ってないんだと思う。でも……」

俺は一度言葉を止めると、ふっと短く息を吐き先を続ける。

「……でも、実際どうなんだろうな。この前は花宮がアオハコをやってる理由を話してくれて、今日は俺が過去の出来事を話した。それが《二人の距離を縮める》ってのに該当《がいとう》して、それでクリアできたのかもしれない」

そう。実際のトコロ、アオハコがどうやってクリア判定したのかわからない。

「なるほどね……お互いの事情が分かったからクリアできた説か……でも……それなら――」

花宮はしばらく神妙《しんみょう》な顔をして考《かんが》え込《こ》む。

「――私の話……6％って軽くない？　ユウの昔話が60％でしょ？　自分の話が重たいなんて言うつもりはないけど、それでも十倍違うってのはちょっと考えにくいような」

そう言ってふっと笑った。
⑨で獲得したのが6％なことを考えると、確かに比率がおかしいような気がする。それに、たいして真面目な話をしていない①の時にもパーセントを獲得している。
「確かにな……。ならやっぱ俺の仮説であってたのかな」

「うん、確かなことは分からないけど、きっとそうだったんだよ。それにしても、よく気が付いたね……。私、全然……。ありがと、ユウ。おかげでクリアできたよ。ありがと……。本当にうれしい……。まだ、諦《あきら》めなくてもいいみたいだ……」

花宮はにっこりと笑うと俺の手をギュッとにぎった。

「ほんとよかったぁ……。こ……これで101％……かな、なんて――」

「あれ？　そこにいるのユウにい？　なにやってんのこんなトコで」

それは突然《とつぜん》の声だった。

突然俺たちの間に割って入って来たその声に花宮は俺からパッと離れた。

声のした方を向くと、そこにいたのは一人の女子高生だった。

背は小柄《こがら》で体も細身。血色のいい頬に絆創膏《ばんそうこう》が一枚貼《は》られている。

ショートカットの栗色《くりいろ》の髪を風になびかせ俺の方をジッと見ているその女子高生を、俺はよく知っている。

速瀬《はやせ》三月《みつき》。

俺の幼馴染であり、俺が青春したことで傷つけてしまった張本人だ。

「やっぱりユウにいだ…………あれ？　ソッチのひと彼女サン……だったりするのかな……？　ってまさかね、ユウにいに限ってそんなことないか――……うんうん、え…………。ない……よね？」

制服姿のミツキはそう言うと、短いチェックのスカートを揺《ゆ》らしながら俺たちの方へ近寄って来る。

栗色のショートの髪に小さな顔。小柄で、俺とは頭ひとつ分くらい身長差がある。身長のせいか、顔立ちのせいか、年齢《ねんれい》は俺のひとつ下なのだが、実年齢《じつねんれい》以上に幼く見える。

あの一件以来、ほとんど顔を合わせてなかったミツキと急に……しかも花宮にミツキとの一件を話した直後に鉢合《はちあ》わせるなんて。

「ねえねえユウにい、なんでそんな微妙《びみょう》な顔してんの？　怒ってる？　って、ユウにいが怒るときはもっと違う顔だもんね、怖い顔の時の方が怖くないっておかしいよねあはは…………ってあれ、なんか空気おかしいな。なんかアタシまずい場面に出くわしちゃった

……？　ここって、家からもユウにいの高校からもだいぶ離れてるけど、こんなところでどしたの？」

ミツキは小首を傾《かし》げ俺と花宮の方を交互《こうご》に見る。

チラッと隣《となり》を見ると、花宮も全てを察して居住まいを正している。

俺は内心動揺《どうよう》しながらも平静を装《よそお》って答える。

「お……お前こそどうしたんだよこんなところで……」

まさか正直に『アオハコのミッションを達成して喜んでたところだし、さっきお前の話をしてたんだ』など言えるはずもなく、俺はミツキの質問に質問で返した。

ミツキはキレイに整えられた眉をひそめる。

「どうした……って、ココ、アタシの高校のすぐそば」

ミツキは小さくため息をつくと後ろを指差す。

数百メートルほど離れたところにある大きな建物からは、ミツキと同じ制服を着た学生たちがぞろぞろと出てきていた。

こんなところまで自転車を漕いでいたとは……。

ミッションや花宮との会話に夢中で方向なんてまるで考えていなかった。

「まーなんでもいいや。久しぶりだね、ユウにい」

ミツキはそう言ってひそめていた眉をパッと解くと、目を大きく見開いて口角を上げた。

コイツは昔っから人の目をじっと見て、ニコッと笑う癖《くせ》がある。

大きくて水分の多いキラキラとした瞳で見られると、気恥《きは》ずかしくなってついつい逸《そ》らしていたっけ。

俺は昔と同じように、さっと視線を逸らしながら答える。

「あー……確かにひ、久しぶり……か。アレ以来、ほとんど会話らしい会話ってしてなかったしな……」

あの事故以来、俺はミツキと疎遠《そえん》になっていた。積極的に避《さ》けてたワケじゃないが、積極的に絡《から》んだりもしなかった。

ミツキにしても顔に傷をつけた原因の一人と会うことで嫌《いや》なことを思い出してしまうだろうし、それになにより、あんなことの原因を作ってしまった俺自身がどんな顔をしてミツキと話せばいいのか正直分からなかったのだ。

ミツキはあの事故のことなど無かったかのような屈託《くったく》のない笑顔《えがお》を向ける。

「だねー、あんなに近くに住んでるのに……ってそれより……ソッチのびっくりするぐらいきれいな人ダレ？　家からも学校からも遠いしこんなトコでなにしてたの？　デート……にしてもこのへんなんもないよ？」

俺の隣にいた花宮の方を見る。

それに気づいた花宮は慌《あわ》てて自己紹介《しょうかい》をする。

「あ……えっと。ユウ……凪野くんと同じクラスの花宮ハナといいます。今日はちょっと凪野くんに学校の委員会のことで相談に乗ってもらっていて。話してたらつい全然知らないところまできちゃって……。でも、もう相談も終わったところなんだけどね。ありがとう凪野くん、おかげでなんとかなりそうだよ」

花宮はそう言うと、俺にだけその顔が見えるように大袈裟《おおげさ》に横を向きパチリと片目を閉じた。

上手《うま》い。

ミツキが俺らのことを訝《いぶか》しんでいる素振《そぶ》りを察して、とっさにこんな言い訳を出してくれたのだ。

アオハコのことを正直に言うワケにもいかず。かといって、なにをしていたかを隠《かく》しても後で俺が追及《ついきゅう》されるだろう。花宮からの相談と言ってしまえば、初対面のミツキからはそれ以上追及できないし、おかげで解決しそうと言って俺を持ち上げて締《し》めてくれるという気の利《き》きっぷり。

流石、クラスの真ん中で調整役として立ち続けてきただけのことはある。

素直に感心しつつ花宮に話を合わせる。

「あ……あぁ、役に立てたならよかった……。話くらいならいつでも聞くから」

俺たちのやりとりを見ていたミツキはちょっとだけ怪《あや》しむ素振りを見せていたが、直《す》ぐに納得《なっとく》してくれたようだ。

「ふーん……そっか。ユウにい、ちゃんと高校生してるって感じ。かわいいクラスメイトの役にたってるじゃん」

「高校生してるってどういう意味だよ……。何の問題もない高校生だぞ、俺は」

俺が半ばあきれながら返した言葉には答えず、代わりに花宮の方を向くとミツキはぺこりと頭を下げた。

「はじめまして。ユウにい……凪野ユウケイと幼馴染の速瀬ミツキといいます。三月《さんがつ》と書いてミツキです。ユウにいがいつもお世話になってます」

そう言って頭を上げたミツキの後ろには、オレンジ色の夕日が輝《かがや》いていた。

にっこりと笑いながらミツキが言う。

「で、ユウにいと花宮さん。二人ともこれから帰り？　相談終わったんでしょ？　一緒に帰らない？」

ミツキの頬に張られた絆創膏が頬の動きに合わせ緩《ゆる》い曲線を描いた。

◆

「……で、花宮さん。ユウにい、高校でなにかやらかしちゃってないですか？」

ミツキが神妙な表情で聞くと、花宮がソツなく答える。

「え？　う、うん、特になにも。別になにもやらかすような人じゃないよ。ね？　凪野くん」

ミツキに一緒に帰ろうと誘われてしまった手前、断るのも変な気がして、俺たち三人はとぼとぼと夕日の街を歩いている。

俺は自転車を押《お》し、真ん中にミツキ、その隣に花宮。

「あぁ、ホント特になんもない――」

俺はミツキから顔を逸らしながら答える。

久しぶりに会ったミツキは昔となにも変わっていなかった。

無駄《むだ》に明るい喋《しゃべ》り方《かた》も、ちょっと生意気そうな口調も、なにも。

ただひとつ。頬に張られた絆創膏だけが、あの日の出来事が夢ではなかったと証明しているようだった。

「――お前が心配するようなことはなんもねーよ」

本当に何もしていないということを言いたいがあまり、つい吐き捨てるような言い方になってしまう。

そんな俺をからかうように、ミツキは明るくにこっと楽しそうに笑う。

「そんな冷たい言い方しなくてもいいじゃん！　ユウにい、気にしすぎだって。まぁ……あんなことがあったし多少はしゃーない。でも、アタシ全然気にしてないから。そもそもアタシが悪いんだし……あっ、ゴメンなさい花宮サン、全然分からない話しちゃってますよね」

ミツキは両手をパタパタと振《ふ》りながら花宮の方を申し訳なさそうに見る。

花宮は、いつも教室で見せてるような優《やさ》しげな笑《え》みを浮《う》かべると、ゆっくりと首をふる。

「う、ううん、全然。二人は幼馴染……なんだよね？　だったら、私には分からない話もたくさんあると思うし」

花宮は敢《あ》えて何も知らない振りをしてくれているようだ。

「幼馴染以上ですよー。小さい頃はユウにいのことを本当のお兄ちゃんだって思ってたくらいですし。なんで私たち別々の家に暮らしてるんだろうって不思議で仕方なかったですよ」

ミツキの言葉に花宮がくすっと笑う。

「それよりィ――――」

ミツキは楽しそうに、大きな瞳をキラキラさせながら花宮の顔をのぞき込む。

「――花宮さん、学校でのユウにいってどんな感じなんですか？」

「どんな感じって……んー……普通《ふつう》……かな？　ね、凪野くん？」

俺に答えを委ねるようにコチラを向く花宮。

「あー……そうだな。これ以上ないくらい普通だ。空気のように溶《と》け込んでる」

「ホントかなーあやしーなー。花宮さん、昔……って言ってもまだ小学校の低学年くらいの頃ですけど、ユウにい、結構無鉄砲って言うか、危なっかしい遊びばっかりしてて。幼馴染としてはやれやれだったんですよ？」

「あはは、そのくらいの年の男の子ならみんなそんなものじゃない？　むしろ凪野くんって結構大人しいのかと思ってたから、そういう男の子っぽい面があって安心するかな」

それを聞いたミツキは楽しそうに返す。

「男の子っぽいどころじゃないですよ！　そうそう、アタシがまだ幼稚園《ようちえん》の時のコトなんですけど、ユウにいと一緒に遊んでたらですね――」

ミツキはまだ俺たちが小さかった頃の思い出を花宮に話す。

「それ、大丈夫《だいじょうぶ》だったの？　そんなところから落っこちちゃって――」

それを聞いて花宮も話を盛り上げようと相槌《あいづち》を挟《はさ》む。

「それが全然。ケガ一つなくって。ユウにい、将来はサーカスにでも入ればいいのにって

その時は思いました」

今ミツキが話してるのは、俺らの思い出の中でも一番初期の頃のヤツ。小さい頃の俺が

ミツキの目の前で無茶やって、あやうく大けがをしそうになったとか、そんな感じの話。

男なら誰しもが持ってる武勇伝にもならない下らない昔話。

「まぁ……今はちょっと大人しくなっちゃってますけど……時々暴走するけど根は真面目

でいい奴《やつ》なんで、これからもよろしくお願いします、花宮さん」

「もう暴走なんてしねーよ」

話に割って入った俺をハイハイわかりましたよーと軽くあしらいながらミツキは花宮へ

ペコリと頭を下げた。

「そんなそんな、凪野くんには私の方がお世話になっちゃってるくらいだし」

花宮も両手を体の前でぱたぱたと振って否定している。

それからミツキはひとしきり俺の小さかった頃のことを話した。

花宮とミツキが一緒にいて楽しそうに話をしている風景に、そこはかとない奇妙《きみょう》さと、

なんとも言えない居心地《いごこち》の悪さを感じながら帰路につく。

果たして、こういうのも青春っぽかったりするんだろうか……。


帰《かえ》り際。

ミツキが俺たちにこう言っていた。

『あ、そだ！ もうすぐ青風祭《せいふうさい》でしょ？ ユウにいのクラスはなにやるか決まった？ アタシ、今年は見に行くね。それじゃ』

青風祭。

俺たちの通う高校の文化祭の名前だ。

そういやそんなイベントもあったなと思いながら二人と別れ、自室のベッドにだらっと寝《ね》そべった矢先。スマホに通知が届いた。

ミッション　二人の青春力でイベントを成功させろ！
充分《じゅうぶん》に距離《きょり》を縮めた二人の青春力を発揮する時がやってきた。

凪野ユウケイ、花宮ハナの二名は、今度開かれる青風祭で実行委員になりみんなをまとめ、クラス一丸となってイベントを成功に導いてください。

青春ポイント残高　凪野ユウケイ　450,400
　　　　　　　　　花宮ハナ　　　450,400

《二人の青春力》の力

六月初旬《しょじゅん》。教室の窓の外は早くも夏を予感させる眩《まぶ》しい日差しが降り注いでいる。

静まり返った放課後の蒸《む》し暑《あつ》い教室で、俺は辺りの様子をうかがっていた。

教室の前には花宮《はなみや》が立ち、俺を含《ふく》む他のクラスメイトたちはその話を聞いている。人前に立つことに慣れてる花宮はいつもと変わらない調子で流暢《りゅうちょう》に話す。

「えー……では、女子の文化祭実行委員は私に決まりましたが、男子の方は誰《だれ》か立候補いませんか?」

今は放課後のHR。これから控《ひか》える文化祭の実行委員を決めている最中だった。

クラスの空気が自然と、実行委員なら花宮さんしかいないよなみたいになり、形式上、立候補を募《つの》りつつも誰もなり手がいなかったのですると花宮が実行委員に収まってしまったのだ。

文化祭実行委員は男女一名ずつ選出しなければならず、今は最初に決まった花宮が男子の立候補を募っているところだ。

「えー……誰か私と一緒《いっしょ》に青風祭の実行委員をやってくれる方はいませんかー？」

花宮はそう言いながら教室をキョロキョロと見回している。

俺の方へ視線がくるたびほんの一瞬《いっしゅん》俺と目を合わせてはなにかを訴《うった》えかけ、すぐ視線を逸らしいつもの花宮にもどる。

あの目がなにを言っているのか痛いほどわかる。

『今がチャンスだよ』である。

青春マッチングアプリ・アオハコから与えられた第三のミッションはこうだ。


ミッション　二人の青春力でイベントを成功させろ！

充分に距離を縮めた二人の青春力を発揮する時がやってきた。

凪野《なぎの》ユウケイ、花宮ハナの二名は、今度開かれる青風祭で実行委員になりみんなをまとめ、クラス一丸となってイベントを成功に導いてください。


すなわち、今この場面で俺が実行委員に選ばれないとその時点でミッション達成はほぼ不可能となるのだが……。

みんなの前で司会進行する花宮を見ながら、俺は同時にクラスの様子を眺《なが》めていた。

前に立つ花宮と、その他大勢のクラスメイトたちを見て……花宮が今までずっと見てきた景色がわかった気がした。

花宮を押し上げたはいいが、その後のことはもう花宮に任せたとでも言わんばかりに皆《みな》興味を失ったような顔でぼんやりしたり、近くの席のヤツと全然関係ない話をしたりしている。これはなにも花宮を孤立《こりつ》させようとか、全部押し付けてやろうって雰囲気《ふんいき》ではない。

花宮ならなんとかしてくれるだろ。

大丈夫、花宮さんに任せとけばきっと上手くいく。

教室にはそんな空気が満ちていた。

これが透明《とうめい》な膜《まく》……か。

そんな空気にちょっとだけいらだちを感じる。花宮はおそらく、今までもこんな空気をなんとかしてきたのだろう。だから、みんなの想像は間違っていない。むしろおおむね正しい。ただ一点を除いては。

最近花宮と親しくしてる今の俺にはわかる。

花宮だから自然となんとかなったのではない。花宮が、自分の力でどうにかしてきたのだ。それを周囲に悟《さと》らせることなく。自然になんとかなったように。

花宮がいつも一緒にいるグループの連中ですら、誰かいねーのー？　とクラスを揶揄《やゆ》するばかりで誰も手を挙げようとしない。教室の前では黒板を背にした花宮が立候補を促している。

ミッション達成の為《ため》、ここで俺が普通に手を挙げてしまうこともできた。ただ、自ら手を挙げてしまうと悪目立ちする恐《おそ》れがある。今まで教室のスミでじっとしていた凪野という男子が突然なにかやる気を出してきたのか？　と。

花宮の横に行きたいという下心でもあるのでは？　と感じる生徒もいるだろう。

『やる気にせよ下心にせよ、どっちにしてもやめとけよ、キャラじゃないだろ』と思われてしまっては、このあとクラスをまとめる役目を担《にな》わなければいけないワケで。ここで変に目立つのは得策ではない。

なので、あらかじめ俺と花宮は作戦を考えてきていた。

そろそろか……。

俺は男子からの立候補がいないことを確認《かくにん》すると、息を大きく吸《す》い込み、そして──

「は……は……ハックション!!」

大袈裟にくしゃみをする。

まとまりなくザワザワしていたクラスが一気に静まり返る。

「あー……わるい。ちょっとくしゃみ、我慢《がまん》できなくって」

みんなの前に立っていた花宮が、いいもの見つけた！　という顔で俺を見る。

「きゃっ、あービックリしたー……あ、そうだ！　ねぇ、誰もいないし凪野くんやってみない？　くしゃみのお詫《わ》びに。ね？」

クラスの空気が一瞬《いっしゅん》にして弛緩《しかん》した。

これで第一の関門はクリア。ここまでは作戦通り。

やっぱりこういうのは花宮が頼《たよ》りになる。

花宮に選ばれてしまった俺は、しかたねーなーみたいなそぶりでだらっと立ち上がると、教室の前に出て彼女の隣に立つ。

花宮はそれをいつもの笑顔で受け止めると、みんなの方を向く。

「はい、それでは実行委員は私と凪野くんに決まりました。よろしくお願いします」

軽く頭を下げる花宮。俺もそれに続きぺこりと頭を下げる。

教室から起こったカンタンな拍手《はくしゅ》を受けながら、花宮がぽそっと……俺にだけ聞こえるように呟《つぶや》いた。

「……今度のミッション……もしかしたら難しいかもしれない……。多分、くるとしたらそろそろかも……」

この時、花宮が言った言葉の意味を俺もすぐに理解する。

「それじゃ、実行委員は決まったので、次に文化祭の発表内容を決めたいのだけど誰か案がある人はいますか？」

委員決めも終わり、次は発表内容を決める段になった。

花宮が意見を募り、俺は挙がってくる意見を書きとめるためチョークを持って黒板の前に立つ。

すると、一人の女子が勢いよく手を挙げた。

「はーい。やー無事委員も決まって良かった良かったー。花宮さんいつもありがとね！……ってことで、ごめん花宮さん、今日はあたし部活あるからHRはこの辺でパスしてもいい？　もうすぐプール開きじゃん？　あたし水泳部だから、今週はプール掃除《そうじ》しないといけなくって」

そう言ってきたのはいつも花宮と同じグループにいる彩崎《あやさき》だ。

花宮がグループの中心であり不動のナンバー1なら、ナンバー2はこの彩崎だろう。

彩崎朱音《あかね》。

肩口《かたぐち》まで伸《の》びた髪《かみ》に快活な笑顔が印象的で、背は他の女子よりも少し高め。水泳部だというのに、透《す》き通るように真っ白な肌《はだ》は血管の向こう側まで見えそうだった。明るくて、よくしゃべりよく笑う。いつも先頭を切って会話を始めている姿をよく目にしていた。

彩崎の発言を皮切りに、文化祭にあまり興味の無い者たちはそれぞれ勝手に会話をしたり帰り支度《じたく》を始めたりしてる。

花宮が言ってたのはコレか……。

俺はチョークを持ったまま腰《こし》に手を当てひとつ短く息をはくと、昨日あらかじめ花宮とおこなっていた作戦会議の様子を思い出していた。

◆

「おーい、花宮。コッチコッチ」

コ洒落《じやれ》たカフェの店内でひとり待っていた俺は、入り口からそっと中を窺《うかが》うように入ってくる花宮の姿を見つけ軽く手を振る。

店内におそるおそる入って来た花宮は俺のことに気が付くと、不安そうな顔でこちらの席へと近寄ってきた。

ハイウエストのふわっとしたスカートに淡《あわ》い色のトップス。黒い髪には学校では付けているのを見かけたことのない少し大きめのピンを付け、足元は涼《すず》しげなサンダル。

初めて見る花宮の私服に目を奪われつつ、向かいの席に腰かけるよう促した。

花宮はおずおずと、まるで初めての場所に連れて来られて怯《おび》えている仔犬《こいぬ》のような雰囲気でコチラへそそくさと近付いてくる。視線もどことなく泳いでいるように見える。

ここは駅から少し離《はな》れた住宅街の一角にあるカフェ。

アオハコから第三のミッションを受け取った俺は前もって作戦会議を開こうと花宮に提案していた。だが、二人が一緒にいるところを誰かに見られては面倒《めんどう》なことになる。そこで、わざわざ駅から少し離れたこのカフェを指定した。味も雰囲気も良い割に人が少ない隠《かく》れ家《が》的なカフェなんだとか、SNSで見かけたことがあったからだ。ちょっと高めの値段設定だけど、俺のSPを交換《こうかん》して奢《おご》るからと、静かに話せそうなこの場所を半ば強引《ごういん》に指定したのだ。それに、作戦会議の他にもうひとつ、話したいこともあったから――

「お、お、遅《おそ》くなってゴメンネ……待った……？　待ったよね！　ゴメンネ……！」

席に座《すわ》ってからも落ち着かない様子の花宮。

「あー……待ったっていうか……見えてたぞ、全部……。なにしてたんだ……？」

「ええ!?　ほ、ほんとに……？」

恥ずかしそうに顔を赤らめる花宮。

なにを見ていたのかと言うと、この店の前でうろうろと徘徊《はいかい》する花宮の姿だった。

俺が座った席は窓際《まどぎわ》で、ぼんやりと外を眺めていたら約束の時間通りに花宮が前を通った……と思ったら入り口を通り過ぎて向こうの方へと行ってしまったのだ。

もしかして店がわからなかったか？

外へ迎《むか》えに行った方がいいかと思っていると、今度はさっき行った方から花宮が戻《もど》ってきて、元来た方へと戻っていく。

するとまたすぐに戻ってきて、今度は入り口の前で立ち止まったかと思うと大きく深呼吸をして両手をギュっと握り、まるでこれからなにかの決勝戦に臨《のぞ》むのかと思うくらいわかりやすく気合を入れると、入り口のドアにそっと手を掛《か》け店内に入って来た。

その一部始終をこの席でずっと見ていたのだ。

「花宮………なにやってたんだ？　アッチに行ったりコッチに行ったり。店の前で気合入れたのも見えてたけど……」

「あ、え、えと……その……なんていうか……。いいのかな……って思って、こんなお店……」

花宮は背中を丸め体を小さくしながら視線だけで店の中を見回す。

店構えも立派なら店内も立派で、静かで落ち着いた雰囲気の漂《ただよ》う店内にはゆったりとしたBGMが流れ、お客さんたちもなんとなく大人な雰囲気を纏《まと》っている人ばかり。店員さんもスラっとした身のこなしで優雅《ゆうが》に動き、どこからどう見ても大人なカフェだ。

「あー……確かにちょっと敷居《しきい》高いかもな。俺も入ってちょっとびっくりしてる」

「う、うん。私、こういうとこ全然来たことなくって……。それに、値段も……。ホントにいいの？　今日のココ、出してもらっちゃって……。自分の分は自分で出すよ」

「いいよいいよ、俺が誘《さそ》ったんだし。ここ、一度来てみたかったんだ。ＳＰも使ってみたかったしさ」

これは嘘《うそ》だ。

花宮が将来を賭《か》けているＳＰが、今でもまだキチンと現金と交換できるのかを試《ため》してきたかった。最初に試した１００ポイントという少額ではなく、今度はもう少し大きな金額で。そう考え、アオハコの［報酬《ほうしゅう》］から5,000ポイントを電子マネーに交換してみたが、今度も電子マネーの残高は問題なく増えていた。

ようやく緊張《きんちょう》が解けたのか、花宮は不安そうな表情をくずすとにっこりと嬉しそうに微笑んだ。

「ありがとね、ユウ。いつかかならず今日のお返しするね」

気が付くと、席の横に女性の店員さんが立っていた。

「ご注文はお決まりですか？」

席に着いてしばらくたつのにメニューも見ずに話しこんでしまっていた。店員さんに促されるようにメニューを開き、俺はケーキセットを注文する。

「花宮はなににする？」

俺が聞くと、花宮は今まで見たこともないような真剣《しんけん》な顔でメニューとにらめっこしていた。

「どうしよう………待って、もう少しだから」

流石《さすが》は一流店というべきか、注文を待つ店員さんも空気を察してさっと身を引き、お決まりの頃《ころ》およびくださいね、と嫌《いや》みのない笑顔で言ってくれた。

それからじっくり五分。

誕生日プレゼントを選んでいる子どものようにメニューにかじりついていた花宮がさっと顔を上げた。

「…………決まった。こ、この、本日限定季節のフルーツタルトに、飲み物はオレンジジュースで！」

「甘《あま》いもの食べるのに、甘いもの飲むのか」

俺がつっこむと、花宮はちょっとだけ恥ずかしそうに言う。

「私、ちょっと恥ずかしいんだけど甘いもの食べる時に甘いもの飲むの、好きなんだよ……。それに、ユウの前なら別にかっこつけなくったっていいでしょ？　私が花宮ハナじゃなくたっていいの、今だけだから」

恥《は》ずかしそうに舌を出した花宮は、やっぱり子供のような顔をしていた。

「まー……好きなようにすればいいか」

注文をすませ一息ついた俺はポケットからスマホを取り出してテーブルに置く。花宮もそれに倣《なら》いスマホを置いた時、たまたま画面がオンになっていて壁紙《かべがみ》が目に入った。そこには、見たこともないような独特な……でも、見る者を引き込むような美しいタッチの花束のイラストが壁紙として設定されていた。

思わず思ったことが口をついて出てしまう。

「すげーな……めっちゃキレイだな」

言葉と視線で俺がなにを言ってるのかを理解した花宮の顔が一瞬で赤くなった。

「が……画面、見えた？」

「わるい、見えちゃったんだけど、その壁紙キレイだなって思って。だれか有名な人の作品？」

俺が聞くと、花宮はなぜか顔を赤くして小声で答える。

「……えと、その……。こ、これ……描《か》いたの、私……」

目を伏《ふ》せ、肩《かた》をすくめる花宮。

「マジか……。めちゃくちゃキレイだな……。もっとよく見たいんだけどいいか？」

真っ赤な顔でぎこちなくコクリと頷《うなず》くとスマホを手渡《てわた》してくれた。

それは、無数の細い線で描かれている花束の絵だった。

いくつもの線が精緻《せいち》に絡み合い一つの花びらをカタチづくっている。その花びらが重なり合い一つの花となって、花が集まり花束になっている。全ての線が単色ではなく色とりどりにグラデーションがかかり、複雑な色調なのだが、一つにまとまるとなぜだか統一感があり、細かな部分まで凝《こ》られていてずっと見ていられそうな絵だった。

俺は目の前で照れている花宮にスマホを返しながら素直《すなお》な感想を言う。

「……すごいなコレ。ずっと見てられるっていうか、見ていたいっていうか……。絵のこと、よくわかんないんだけど、そんな俺でもなんかすごいってのだけはわかる」

花宮はうっすらと額に汗《あせ》を滲《にじ》ませながら俺の感想を聞いていた。その顔は、自分の作品を見られている恥ずかしさと、それを褒《ほ》められた嬉《うれ》しさがちょうど半分ずつ混ざり合っているように見えた。

「あ……ありがと……。でも、独学だからまだまだで……。本当はちゃんと専門的に学びたいんだけど……なかなかね」

照れながらそう言う花宮に素直な感想を伝える。

「そうかな。俺にはすごいキレイに見える。花宮がまだまだって言ってもめちゃくちゃキレイだよ。マジで。うん……ほんとキレイだ」

俺は花宮の目を真剣に見て感想を伝えた。感動を伝えたくって、つい声が大きくなってしまう。

すると、周囲の客席からくすくすとあたたかな笑いが起こった。

「い……言い方……。そんな言い方、勘違《かんちが》いしちゃうから……！」

そう言ってさっきまでとは別の照れ方をする花宮。

言い方？　勘違い？

俺今なんて言ったっけ……と考え、気が付いた。周囲の客席からは、若いカップルの彼《かれ》氏《し》の方が彼女《かのじょ》に向かって『キレイだ』と、少し大きな声で連呼してるように映るのか……。

俺は微笑《ほほえ》ましい目でこちらを見ているお客さんたちにペコリと頭を下げると、目の前で顔を真っ赤にしている花宮に謝《あやま》る。

「わ、わるい……。つい、なんかあんな感じに……」

「ううん、ぜんぜん。なんか勘違いしちゃいそうになって余計に恥ずかしくなっちゃったよ……。それはそれで嬉しかったけど……」

まだ赤い頬《ほお》のまま花宮はニコッと笑う。

「褒めてくれてありがと……。でもホントにまだまだなんだ。だから……アオハコのミッションがんばらなくっちゃ！」

俺にはどこがまだなのかわからないくらい、さっき見せてもらった絵はキレイに見えた。ここまでの絵を描けるようになるまで、どのくらいの時間を費《つい》やしたのだろう。一朝一夕《いっちょういっせき》で描けるものじゃないことは、美術に疎《うと》い俺でもすぐにわかった。花宮はこうして自分の夢に向かって努力してる。

アオハコで青春を過ごしたい。それは俺も花宮も同じだ。だけど、アオハコで得られるかもしれないSPの使い道はまったく違《ちが》う。花宮は留学に必要な金を得ようとアオハコに望みを託《たく》してる。

よほど恥ずかしかったのかまだ薄《うっす》らと頬を赤く染めている花宮を見て、俺はあの日からずっと考えていたことを口にだした。

「作戦会議、始める前にひとついいか？」

今日は、目の前に掲《かか》げられているミッションの作戦会議のほかにもう一つ、花宮に話したいことがあったのだ。

「俺にも手伝わせてほしいんだ。SP貯《た》めるの」

「手伝う……って。今だって一緒にミッションやってるけど？」

「いや、そういう意味じゃない。俺《おれ》の分のSPも花宮の留学費用にしたらどうかって思うんだけど……どうかな」

あの雨の日。

花宮が将来の夢を話してくれて以来、ずっと考えていた。

留学費用にする為に一千万SPを貯めようと本気で頑張《がんば》っている花宮。一方俺は、正しい青春を過ごしたいという気持ちはあるもののミッションの対価として得られたSPをどう使うか、何も考えつかなかった。

俺には花宮みたいな夢もない。もしアオハコのミッションが全て上手く行き、花宮が目標金額を貯められたとき。俺にも同じくらいのSPが貯まってることになる。二人で貯めた、いわば青春の証《あかし》のようなSPを花宮は夢をかなえる費用にする。なら俺は……と考えたとき、何も思いつかなかったのだ。

花宮と同じように学費にするか？　それとも、大学生活で遊ぶ金……いや、将来の為に貯金？　それとも両親に渡《わた》し有効に使ってもらう……。いっそどこかの慈善《じぜん》団体に寄付でもするか……。色々考えてはみたものの、どれを選んだとしても夢と全力で向き合う花宮に釣《つ》り合ってるとは思えなかった。

もともと金が欲《ほ》しくてこのアプリの指示に従っているわけじゃない。正しい青春が送りたいってダケだ。それならいっそ、夢を追う花宮の手伝いができれば。それにこの先、俺の目的意識の希薄《きはく》さがミッションの妨《さまた》げにならないとも限らない。そんな思いから花宮にこの提案をした。

提案を聞いた時。花宮は最初目を丸くしキョトンとしていたが、やがて意味を理解すると慌てた顔で両手のひらをブンブンと横に振る。

「ダ、ダメだよ！　そんなことまでしてもらえないって！」

焦《あせ》った顔で否定する花宮に俺の気持ちを説明した。コチラの真剣な様子を察したのか、花宮はしばらく考えると眉間《みけん》に寄せていたシワをパッと解き、口元をゆるめながら俺の目をじっと見る。

「んー……それなら、私が一千万SP貯めるんじゃなくって、二人で二千万にしよ」

「二人で二千万？」

「うん、二人で。だって、もし貯まった時にユウにSP出してもらったら、今度は私が釣り合わなくなっちゃう」

花宮の言う通りだった。俺が一方的に花宮を手伝うってのも、それはそれで対等じゃない。

「そ……っか。そこまで考えてなかったな、ゴメン」

「ううん、気持ちは嬉しかったから。ありがと。もし貯まったら私は留学費用に。ユウは、その間に使い道を考えるってことにしたらいいんじゃないかな。ユウがなにに使うのか、私、ちょっと興味あるな」

俺には無い視点の花宮の提案が心にストンと落ちた。

「いい……かもな、ソレ。そうするか！」

それから、二人でルールを話し合った。

・二人それぞれの獲得《かくとく》SPが一千万を超《こ》えるまではアオハコを辞《や》めず協力する。
・ポイントの援助《えんじょ》は無し。あくまで二人は対等の関係である。
・ポイントの使用は自由。好きな時に好きなことに使って良い。

「……っと、こんなもんか」

取り立ててコレまでとなにが変わったということも無いのだが、心の中にあったつかえが少しはとれた気がする。俺も探せばいいのだ、花宮みたいな何かを。花宮と一緒にミッションをこなし、青春の練習をしながら。

「改めてよろしくね、ユウ」

そう言って笑顔《えがお》をコチラに向ける花宮の前に置かれたグラスの中の氷が、カランと涼《すず》しげな音を立てた。

「……それじゃ、もう一度ミッションを確認しよっか」

花宮は、自分の前に置かれたテレビや雑誌でしか見たことのないようなきらびやかに盛られたフルーツが麗《うるわ》しいタルトを横に置くとスマホを取り出した。


ミッション 二人の青春力でイベントを成功させろ！

充分に距離を縮めた二人の青春力を発揮する時がやってきた。

凪野ユウケイ、花宮ハナの二名は、今度開かれる青風祭で実行委員になりみんなをまとめ、クラス一丸となってイベントを成功に導いてください。


これが、俺たちに与《あた》えられている第三のミッション。

花宮はキレイなピンク色の唇《くちびる》をストローに付け、グラスに注がれたオレンジジュースをちいさく一口飲むと口を開く。

「まず《充分に距離を縮めた二人の青春力を発揮する時がやってきた》の部分はなにも問

題ないと思うのよ。ただの前置きみたいなものよね」

　それには俺も同意だった。

「あぁ、問題なのはそこからだよな」

「うん……。その次の《実行委員になり》って部分。ここは多分だけど、字面《じづら》通り受け取っていいんじゃないかな。私とユウの二人で委員になればそれでいいんだと思う。これは別に難しくないかな。というより、私、多分勝手に選ばれちゃうだろうし」

　確かに、ウチのクラスにはこういうイベントに燃えるような熱血タイプはいなかったと思うし、放っておけばクラスの空気が勝手に花宮を押《お》し上げ委員にしてしまうだろう。

「問題は俺だな。俺が、はーい俺がやりまーす、なんて立候補したら悪目立ちするよな。最初に悪目立ちしちゃったらクラスをまとめるどころじゃなくなると思う」

　すると花宮は俺の方を見て微笑む。

「それなら大丈夫……かな。多分私が先に選ばれると思うんだ。その後男子の立候補を募る流れになると思うんだけど、その時に大袈裟《おおげさ》にくしゃみかなにかしてもらえる？　そしたら私がそれを理由に指名するから、しかたないかーみたいな雰囲気で受けてもらえば、多分、自然な流れになるかな」

「そんなもんかね。それにしても、よくそこまでクラスのことがわかるな」

するとう花宮は困ったような、ちょっと誇《ほこ》らしいような顔で微笑む。

「うん、だって昔からずっとこうしてきたし、なんとなくはわかるよ……。あ、でも」

花宮はそこまで言うと、なにかに気が付いたような顔をする。

「ユウだって似たようなことはできるんじゃないかな」

「俺が？　無理だろ、ムリムリ」

片手を顔の前でパタパタと横に振《ふ》る俺に、花宮は食い下がってくる。

「うーん、そうかなぁ……。だって、ユウってクラスのことをずっと見てたんでしょ？この前話してくれた無難に過ごすために……って」

「あー……まぁそうなる……かな」

高校に入ってからというもの、無難に過ごすためずっと自分の役割やポジションを探していた。だからクラスの空気とか、自分に求められているものとかはなんとなくわかる。

だから、二年になって最初のHRであのトイレ発言ができたのだ。

「だったらできそうだけどな。今のユウの視点をもうちょっと俯瞰《ふかん》的《てき》にするイメージかな……。そしたら、誰になにを言えばクラスがどう動くのかとか、自分がどんなことをしたら誰がどんな反応するのかとか、ユウならなんとなくでもわかりそうな気がするけど」

そう言われると、わかるようなわからないような。

「それがわかったところで、俺の影響力《えいきょうりょく》なんてたかが知れてるよ」
仮に俺が花宮と同じような視野の広さを持っていたとしても、花宮のポジションだから
それが活《い》かせるのだ。
否定する俺に花宮は首を傾《かし》げる。
「んー……ユウだからこそできることもありそうな気がするんだけどな……私には無理で
もユウにはできることとか……って、話がずれちゃったよね、ゴメンね」
「あぁいや、全然大丈夫。で、実行委員の件はくしゃみすればいいのか？」
「うん、くしゃみじゃなくてもいいんだけど、なんか場が煮詰《につ》まってきた頃に適当に注目
を集めてくれればあとは私に任せて。それより、問題は次……。《クラス一丸となってイ
ベントを成功に導いてください》ここだよね……」
花宮は真剣な顔で自分のスマホの中のアオハコを見つめている。
俺も、今回いちばん苦労しそうなのはソコだと思っていた。
今まで何度かアオハコのミッションをこなしてきてわかったことがある。
それは、このアオハコ。俺たちに与えられるミッションにはクリア条件があるものの、
それがイマイチはっきりしないということだ。

ただ――

出会いミッションにしても距離ミッションにしても、結果的にクリアできたから良かったものの、なにがどうなったからクリアできたという確固たる確証を俺たちはまだ持っていなかった。

出会いミッションの時は花宮の機転でおこなった目隠《めかく》し作戦が功を奏したのか、それとも最後に実際に俺がスカートの中を見たのが良かったのか判明してないし、距離ミッションの時も接触《せつしよく》回数がクリア条件だったのか、それとも互《たが》いの心の内を話し、その音声データをアオハコが拾うことでクリアとなったのか確定していない。もっと別のファクターが存在した可能性だって否定できない。

はじめから明確にクリア条件がわかっていればそこまで労せずともクリアできるかもしれないミッションでも、それがわからないから俺たちは苦労したり色々と考えたりさせられてしまう。

それがアオハコの狙《ねら》いかもしれないと思ったりもする。二人で色々と考え試行錯誤《しこうさくご》した結果、得られるものもある。それが青春なのだ……とでも言いたいんじゃなかろうか。なんせ青春マッチングアプリなんだから。

俺は真剣な顔で花宮に返す。

「これ、普通《ふつう》に考えたら俺たちで実行委員を頑張って、クラスを盛り上げて発表内容をキチンとカタチにしろ、ってこと……だよな。なにをやるかもまだ決まってないけどさ」

俺の言葉に花宮は悩《なや》みながらも同意を示した。

「んー……まぁ、普通に考えたらそうよね……。この《成功》っていうのがなにを指してるのかいまいちわからないけど、でも《クラス一丸となって》っていうのは、要はみんなで……不参加者を出さずに、みたいな意味でとらえればいいのかな……。その場合……大《だい》丈夫《じょうぶ》かなぁ……」

花宮はそこまで言うと目を伏せ困った顔をした。

「なにが心配なんだ？」

「私が心配なのは彩崎さんのことなんだ。最近ちょっと様子がおかしいっていうか……」

「彩崎って、花宮のグループにいる水泳部の女子か」

花宮はコクリと頷くと、目の前のグラスを両手で手に取りストローに口を付ける。

白い喉《のど》が飲《の》み込《こ》む動きに合わせてゴクリと動き、グラスの中のオレンジ色が揺《ゆ》れる。

「ほら、最近私、ミッションとかでこうしてユウと過ごす時間が多いでしょ？　だからいつも一緒にいるみんなと過ごす時間が短くなってるんだけど、最近彩崎さんが目立ってるっていうか……んー……」

花宮はなにかを考えるようにしばらく黙《だま》っていたが、やがて、ふーっと息をはくと言いにくそうに話を続ける。

「んー……なんていうか、私に対してだけちょっと態度が違うような気がして……」

彩崎はもともと快活で良く笑う明るいヤツだったが、そういえば最近、いつにも増して元気というか、ちょっと無理して明るく振舞《ふるま》ってるなとは俺もなんとなく感じていた。

「そういや最近の彩崎、いつもと違うかな……？　とは思ってたけど」

「なんていうか、私に対して冷たい……ううん、あたりが強い……あーコレも違うかな……。上手《うま》く言えないなぁ………」

そう言って頭の中で彩崎に対してしっくりくる言葉を探す花宮だったが、しばらく考えた後首を振った。

「なんて言えばいいのかわかんないや。でも、多分、私は彩崎さんに嫌《きら》われてるんじゃないかな。なんかそんな感じがする……。考え過ぎならいいんだけど……。いつもは、みんながなにを考えてるのかだいたいわかるんだけど、最近の彩崎さん……よくわからなくって……。私が文化祭委員になったら、彩崎さん、なにかしてきそうな気がして……」

そう言って花宮は眉間に皺《しわ》を寄せた。

これが昨日の出来事だ。

俺と花宮はその後も色々と話し合ったが、結局、達成条件を確定させることはできなかった。だから一先《ひとま》ず、ミッションに書かれている通り実行委員になりクラスをまとめ、目の前のイベントに一生懸命《いっしょうけんめい》取り組もうということでその日は別れた。

そして、明けて月曜の今日。

俺と花宮の二人が無事実行委員になることができ、ここまでは良かったのだが――

「やー、うちの水泳部、部員少ないでしょ？　少人数だからプール掃除、結構大変なんだよね。あたしだけ行かないわけにはいかないし、だから、ね？　いいよね？」

発表内容を決める段になって突然《とつぜん》、彩崎がこう言いだしたのだ。

花宮が心配してたのはコレか。

部活が忙《いそが》しいのは本当のことなんだろうが、それでも内容を決める為の数十分も惜《お》しいほどとは思えない。彩崎がどんな意図でこの発言をしてるのか、普段《ふだん》交流がない俺にはわからなかったが、花宮の想像がてんで的外れということもなさそうだ。

彩崎の発言を受けてクラスも一気にざわざわと騒《さわ》がしくなる。

彩崎の狙いはコレだったのだろうか。

委員には花宮がいる。花宮ならきっとなんとかしてくれる。やりたくない者や他にやりたいことがある者は無理にやらなくてもいい。だって花宮がいるんだから。

そう思わせることでクラスを分断。そして、花宮チームと彩崎チームにクラスを二分しようとしているのではないか。

現に、そんな空気がみるみる形成されようとしていた。

いつもの花宮ならおそらく『わかったよ、それじゃ時間のある人だけで決めよっか。残れる人だけ残ってね』と言ってソツなくこの場の雰囲気を壊《こわ》さないよう立ち回るはずだ。

そして、残った人だけで発表内容を決め、その後はみんなに上手く役割を分担し、カタチだけは整えてクラスの雰囲気や空気が壊れないようにまとめ上げることはたやすいだろう。

でも、今はミッションがある。

俺は、黒板の前で右手にチョーク、左手はポケットに突《つ》っ込んだまま、花宮に向かってねだるように両手を合わせる彩崎の顔と、どうしたものかと逡巡《しゅんじゅん》している花宮の背中を見ながら考える。

彩崎がどんな意図でこの発言をしてるのかはわからない。もしかしたら本当に、一秒でも早くプール掃除に向かいたいだけなのかもしれない。

でも、そんなこと今はどうだっていい。

当然だが彩崎もクラスの一員だ。彼女が抜《ぬ》けた場合《クラス全員》の部分で失敗判定される可能性がある。ここは彼女の願いを聞くべきではない。

だが、彩崎の希望を真正面から反対した場合。クラスの雰囲気《ふんいき》は悪くなる。彩崎はなにも遊びに行きたいと主張してるワケではないのだ。それでも花宮からダメだと言われれば、彩崎は渋々《しぶしぶ》クラスに残るだろう。

他の者たちも、彩崎が反対されたのなら自分もダメかと諦《あきら》め意見を出してくれたりもするハズだ。その意識下に、仕方なく、という感情を抱《かか》えて。

今度はそれだと《一丸となって》の部分で失敗判定をされるかもしれない。

なにが達成条件かわからない以上、この彩崎を行かせることも引き留めることもできないように思われた。

チラと隣《となり》を見ると、花宮も俺を見ていた。時間にしてほんの数秒、困った顔の花宮と視線が合う。

どうしようか、ユウ。　と花宮の目が言っている。

俺もわからない。考えてはいるんだけど。　と俺は目で返す。

でも、もうどうしようもないよね。　と花宮の目が言う。

そう……なのかな……。と俺は目で返す。

私たちのミッションよりクラスの雰囲気だよね。と、花宮が俺に視線だけで言うと、ふ……と俺から目を逸《そ》らし、彩崎へ返事をしようとしている。

花宮ならきっとそういう選択肢《せんたくし》を取るだろう。

なにかこの状況《じょうきょう》を打開する方法がないか考えろ。

正しい青春とはなんだ。

俺が送りたいと思って、でも、方法が分からなかった学校生活はどんなものだ。

六月の午後。

じっとりと蒸《む》し暑《あつ》い教室。

がやがやと騒がしいクラスの窓からは、これからやがてやってくるであろう熱い夏を予感させる日差しが校庭の木々をジリジリと照らしているのが見える。

昔の俺ならこんな時どうしていただろう。

俺の脳裏《のうり》に昨日の花宮の『ユウだからこそできることもありそうな気がするんだけどな』という言葉がふ……と浮《う》かぶ。

「んー…………わかったよ彩崎さん。それじゃ後は私が――」

「…………ま、待った！」

彩崎に離脱《りだつ》許可を出そうとしている花宮を慌《あわ》てて制した。

思ったより大きな声が出てしまったのか、クラスが一気に静まり返る。

みんなの注目を一身に浴びる俺に、彩崎が口をとがらせる。

「なによ凪野。待った！　……って、行っちゃダメってこと？」

クラスに漂っていた空気が変わる。

さっきまではざわざわガヤガヤと派手に零《こぼ》した絵の具のように雑然とした色だったのが一変、今は黒いうねった風になってクラスの中をごうごうと音を立てて吹《ふ》きすさび始めた。

普段、クラスのすみっこで無難に過ごしてた俺には見えなかった景色。

さっき一瞬《いっしゅん》わかった気になったけど……そうか、花宮はいつもこんな風景を見てるのか。

たった一言でここまで変わるのか。

次に俺が発する一言によっては、この黒い風が一気に俺の全身をはるか上空に運び、そのまま一気に地面に叩《たた》きつけられることだってあり得る。

こんな風の中で花宮はいつも立ち回ってたのか。

その花宮が今、俺の隣で困ってる。

俺だからできること、それは――

俺はごうごうとうねる風の前に立つと、意を決して口を開いた。

「ちょ、やったな！」

◆

俺の目の前ではウチのクラスメイトたちが揃《そろ》いも揃って楽しそうな顔で水を掛け合ってる。男子も女子も、みな制服姿に裸足《はだし》で楽しそうにはしゃいでた。男子はズボンを膝《ひざ》までたくし上げ、女子もスカートが濡《ぬ》れないよう短くしてる。

良く晴れた青空の下。じりじりとした初夏の太陽に照らされながら、俺たち二年一組は全員そろってプールに来ていた。

彩崎の言う通り、一年間放置されたプールは掃除《そうじ》をしないととても使えそうになかったが、俺たちのクラスと、そして水泳部の数名でプール掃除をした。そして、掃除もほぼ終わった今、すっかりきれいになった水の張られていないプールで気が付けば水遊びが始まっていた。

ある者はホースで水をかけあったり、ある者はブラシでホッケーをしたり。

プールに集まった数十人はみんな、本当に楽しそうな顔ではしゃぎまわってる。

『なによ凪野。待った！　……って、行っちゃダメってこと？』

　小一時間ほど前。

　黒い突風《とっぷうふ》吹きすさぶ教室で、俺の言葉をクラスの全員が固唾《かたず》を飲んで見守る中、詰《つ》め寄ってきた彩崎に対しこう言ったのだ。

『なぁ彩崎。なんか……今日、暑くね？』

『ハァ……？　凪野、突然なに言ってんの……？　あたしの話聞いてた？　だから、あたしはプールの掃除に……』

　彩崎に対し実行委員として強権を発動するのか、もしくは彼女の圧に負け途中《とちゅう》退室を許すのか。俺の発言はそのどちらかだろうと思っていたクラスは、思わず気が抜けたような変な空気になったのだ。

　ごうごうと吹いていた風がピタリとやみ、代わりに、おかしな空気が漂い始める。

　当の彩崎ですら口をぽかんとあけ、空気の読めないことを言い出した俺をどうしたものか一瞬判断が止まる。

　俺はぽかんとしてる彩崎に続ける。

『あー……なんかプールの掃除ってきいたら俺もやりたくなっちゃったからさ。今日暑いし。いいなぁ彩崎、これからプールか。俺もソッチがいいわ』

普段はクラスのすみっこでじっとしてるちょっと怖《こわ》い顔した地味系男子が真顔で発した、彩崎とはまた違った方向性の空気の読めなさに、クラスからはくすくすと小さな笑い声が聞こえ始めた。

こうなってしまえばしめたものだ。

俺は笑い声の中表情を変えず続ける。

『なぁ花宮。発表内容決めるの明日じゃダメか？　今日はみんなで彩崎を手伝いに行こうぜ……ってか、俺が行きたいだけなんだけど。なんか涼しそうじゃん？　あ、他にも行きたい人いる？』

今日の教室は確かに暑かった。

俺の提案に、最初にノリのいい男子たちが飛びつき、それにつられるようにして他の男子や女子たちもみんなノリ気になっていた。

そして、それから一時間たった今。

俺らのクラスと、あと数名の水泳部の手であれだけ汚《きたな》かったプールはピッカピカになり、あまった時間でみんなではしゃぎまわってるといった具合だった。

なんとかひねり出した苦肉の策ではあったが、クラスが分断されることもなく、みんなに我慢《がまん》を強《し》いることもなく、結果としてはこれで良かったのかもしれない。その証拠《しょうこ》に、みんなの会話の節々に、文化祭の発表内容にアレがいいコレをやりたい、という会話もちらほら聞こえてきていた。

俺はホッと胸を撫《な》で下ろすとプールの飛び込み台《だい》に腰《こし》かけ、制服のズボンを膝までたくし上げたまま遊ぶみんなをぼんやりと眺《なが》めていた。

すると――

「ねぇ凪野……そこ、いい？」

そう言って隣の飛び込み台に座《すわ》ったのは、彩崎だった。

俺は特に返事をせず、また視線をみんなの方へと戻《もど》す。

彩崎は裸足の脚《あし》を水の入ってないプールへ垂らし、視線をプールの中で遊ぶみんなの方へ向けたまま口を開く。

「凪野……。アンタ、なんでさっきあんなこと言ったのよ」

やはり、俺の発言を直《じか》に受けた彩崎には違和感《いわかん》があったんだろう。

ただの空気の読めないまぬけが発した水遊びしたさの発言でないということはばれていた。

全体としては上手くいったが、やっぱり花宮のようには上手くいかないか。

理由を答えないことで彩崎の発言を肯定《こうてい》しつつ質問を質問で返す。

「迷惑《めいわく》だったか？」

彩崎は答えにくそうに答える。

「やー……別に迷惑ってことないけどさ。プール掃除が大変なのはホントだったし……。それについては助かっちゃったんだけど……」

そう言ってブラブラさせていた脚を止める彩崎。そんな彩崎に俺は返す。

「お前こそなんであんなこと言ったのよ。花宮、困ってたじゃん。なんで？　ワザと？」

今度理由を答えなかったのは彩崎の方だった。

彩崎はしばらく脚をブラブラさせた後、俺の方をグイッと向くとおもむろに口を開いた。

「……………凪野。アンタ、花宮さんと付き合ってんの？」

突然の質問に思いっきり動揺《どうよう》してしまう。

「なっ……！　なななななんでだよ。どうしてそんなこと？」

動揺しながら聞き返した俺に、彩崎はジト目で返す。

「こないだ、アンタの自転車の後ろに花宮さんが乗ってるのを見かけたから。二人とも楽しそうだったし……なんかカレシカノジョみたいだったなって」

あの場面を見られていたとは……。

俺は慌てて言い訳を考える。

「ああいやあれはなんか、たまたま俺が自転車に乗ってたところに花宮が足をけがして――」

「そこに来て今日の実行委員の選び方でしょ？　二人にはなんかあるのかなって」

この彩崎。なかなかどうして、結構鋭《するど》い。

「今日のことなら俺の鼻に聞いてくれ。コイツがくしゃみをしたのが悪い。まったく、俺と花宮がこ、こ、恋人《こいびと》とかぜ、ぜ、全然そんなことあるわけないだろ……」

俺がなんとか否定すると彩崎はちょっと引き気味に笑った。

「いや……そんなに動揺されると反応に困るわ……。怪《あや》しすぎて逆に怪しくないっていうか……。でもまぁ、付き合ってるわけないか、アンタと花宮さんじゃ全然釣り合ってないし。アンタが花宮さんのカレシだったら、花宮さんが認めてもあたしが認めないわ」

そんな事を言いながらもいつのまにか彩崎の顔から険が消え、いつもの明るくて真《ま》っ直《す》ぐな彩崎に戻ってる気がした。

花宮が感じていた彩崎に嫌われているかもってやつ……もしかしたら違うんじゃねーかな。そう考えながら俺は、彩崎に軽口を返す。

「ムスメが彼氏連れてきた父親かっての。お前は花宮のなんなんだよ」

するると、軽口のつもりだった俺の発言を受けた彩崎は困ったように笑う。

「ほーんと……なんなんだろうね、花宮さんにとってのあたし。あたしはなんなんだー」

彩崎は水のないプールに脚をぶらっと投げ出した。後ろに手を突き、体を反らして空を見上げる。青い六月の空。

その言い方がなんだかとても爽《さわ》やかで、どこか切なくて。

俺は上を向く彩崎に問いかけた。

「なんなんだって……友達じゃないのかよ」

「…………ねぇ凪野。花宮さんっていつもにこにこして、みんなのことを気遣《きづか》ってくれてさ。すごい人だよね。同級生だけどそう思うんだ」

俺は黙って頷くと彩崎の話の続きを待つ。

「頭もよくってかわいくて優《やさ》しくて。でも、それを鼻にかけるようなことも全然なくってさ……。ホントすごいよね、すごすぎて…………ちょっと遠いんだ」

「遠い？」

彩崎は空を見上げていた顔を正面に戻し、プールの中ではしゃいでいるみんなの方へと視線を移す。その中には当然花宮もいた。

「うん、遠い。あの子、あたしたちと話してても、時々、なんかめちゃくちゃ張りつめてるような顔をしてることがあってさ。どうしたんだろ？　って思って声を掛《か》けようとするとね……もう、その顔はどこかに消えてて。あたしの方を見てにっこりと笑うの。それを見てね……あぁ、あたしはそんな質問すらさせてもらえないんだって思ったら……なんかね……。ホントに友達なのかなってさ」

俺は否定も肯定もせず彩崎の話を聞いていた。

花宮のあの顔に気付いてたのは俺だけではなかったのだ。

「あたしさ、花宮さんともっと仲良くなりたいんだよね。もっと本当の顔を見せて欲しい。あの張りつめたような顔が本当の花宮さんなんだとしたら、力になってあげたいって思う。それが友達じゃん？　でも、花宮さんはそんなこと思ってなさそうでさ。だから……」

遠くの空には飛行機雲が一筋の真っ直ぐなラインを青空に描《えが》いている。彩崎はふっと短く息をはくと続ける。

「……だから、さっきあたしがあんなこと言ったのはワザと。花宮さんを追い詰めて、本当の顔を見せてみろ……って思っちゃったんだよね。あはは、性格悪いねーあたし」

そう言って困ったように笑う彩崎の顔は、今の空のように爽やかで眩《まぶ》しかった。

そういうことだったのか。

花宮は常にみんなが期待する花宮ハナであろうとして、周りと一定の距離《きょり》を置いていた。特定の誰《だれ》かと親密になってはいけないと思っている。青春は透明《とうめい》な膜《まく》の向こう側の話と花宮は言っていた。当然、そんなことをしていては本当に仲の良い友達なんて出来ない。クラスの為《ため》、自分に求められているモノの為にはそうするしかない。花宮はそう思ってるんだろう。

だけど、本当にそうだろうか。

俺と自転車に乗ってた時。青春してるみたいと喜んでた花宮を思い出す。

問題は多いかもしれない。

進学とか、家庭の金銭面の事情とか、解決できない問題もあるだろう。でも、方向性は間《ま》違《ちが》ってたかもしれないけど、こうして花宮のことを考えてくれるヤツが少なくとも一人、ここにいる。

彩崎の告白を聞いて、俺は同時にふたつのことを考えていた。

ひとつは、ミッションの文章にあった《一丸となって》を達成するには、この彩崎と花宮の仲を取り持つ必要があるのではないか、ということ。

花宮と彩崎が協力しあえれば、クラスが一丸となれるのではないだろうか。

そしてもうひとつ……花宮にだって本当の友達くらいいてもいいだろ、ということだ。

でも、どうしたら友達になれるのか。

方法なんてわからない。だけど、こんな時友達ならどうする。相手がもし花宮じゃなくて、普通の女子ならどうする……。

俺はしばらく考えると、彩崎に言う。

「なあ彩崎……花宮と友達になりたいのか？」

「まぁ……ね。でも、別に今のままでもいいっていうか……どうにもできないよね、きっと」

寂《さび》しそうに笑う彩崎に俺は、そうか、と短く言うと、今まで座っていた飛び込み台の上に立ち上がりプールの中で水をかけあって遊ぶクラスメイトの方へ大きな声で叫《さけ》んだ。

「おーい花宮ー！　お前のスマホって防水？」

俺の声に気付いた花宮は首を傾げながら答える。

「どうしたの、急に？　防水だけど……それがなに……？」

頭の上にハテナをちょこんと浮かべている花宮。

「そっか、わかったー！」

俺は花宮へ返事をすると飛び込み台を降りてプールサイドを歩き、近くに転がっていたバケツを掴《つか》むと彩崎に差し出した。

「ほら、コレ。思いっきりいってこいよ、花宮に」

俺の意図を察したのか、彩崎は驚《おどろ》いた顔をした。

「…………マジ？　本気で言ってんの？」

「どうせお前……いや、お前ら、花宮に気を遣ってんだろ？　ああして水を掛けて遊んでても、花宮はそんなに濡らしちゃいけないみたいな空気になってんだろ」

ふざけあって遊んでる女子たちの中で、花宮だけはそんなに狙われていなかったのだ。

「や……まぁそうだけど……でもマジ目のマジで？　凪野、頭ダイジョブ？　なんでそんなことで友達になれるって思うのよ」

「友達になれるかなんて知らねーよ。でも、なんかそういうの…………あー……」

ここまで言いかけた俺は、自然と頭に浮かんできた言葉を途中で飲み込んだ。

それは、この一年俺が何度も考え、飲み込み、避《さ》けてきたものだったから。だけど、花宮と彩崎の為、そして、こんな現状を打破したい俺の為、頭に浮かんだ言葉をそのまま口にした。

「あー……なんていうか……青春っぽい…………だろ？」

俺の言葉を聞いた彩崎は、最初きょとんとしてたけどすぐに吹き出し、大きな声で笑い始めた。

「………青春……っぽい……て、あはははなにクサいこと言ってんのよ凪野。アンタそんなヤツだったっけ。あーおっかしい……はー笑わせないでよ」

腹を抱えて笑う彩崎。

「あー笑った……。まさか凪野がそんなこと言うヤツだったなんてね。あたしの思惑《おもわく》もアンタには見抜かれてたみたいだし、ちょっと意外かも」

ひとしきり笑い終わった後、彩崎は俺からバケツを受け取った。

「まー………そうだね、青春っぽいよね。わかった、それじゃ……行ってくる！　もしダメだったらアンタが責任とってよね」

そう言うと彩崎は俺の返事も待たず花宮の方へと駆《か》け出した。

数分後、そこには頭の先からスカートまでびしょ濡れになった笑顔の花宮と、びしょ濡れの花宮の手によってもっとびしょ濡れにされた笑顔の彩崎の姿があった。そして更《さら》にその数分後には、クラス全員がそうなっていた。

みんなの笑い声が空っぽの青いプールの中にこだまし、海の中で遊んでいるようだった。

第三のミッション達成条件がなんなのか未《いま》だにわからない。だけど、これはアオハコとかを抜きにしても花宮にとって、それに、彩崎にとって良かったんじゃないかなって思う。

あの時の俺の一言が、彩崎に思わず待ったをかけたあの行動がこんな結果を生むなんて。

俺はいまだに信じられなかった。

以前花宮に言われたセリフが頭の中で反復する。

『ユウだからこそできることもありそうな気がするんだけどな』

俺だからできること……か。

さっきのがそうだったんだろうか。

考えても答えは出ず、俺はただ、飛び込み台に座りぼんやりと、びしょ濡れのクラスメイトを眺めていた。

それに――

俺にはもうひとつ、考えなければいけないことがあるのだ。

ポケットからスマホを取り出すと、アオハコを起動しミッションを確認《かくにん》する。第三のミッションの説明が並んだ画面を上にスワイプする。そこに表れた文字はこうだ。

極秘《ごくひ》ミッション

このミッションは凪野ユウケイのみに与《あた》えられた個人ミッションです。

ミッション中に、クラスのみんなに花宮ハナのすごさを伝えてください。

尚《なお》、この極秘ミッションのことはマッチング相手である花宮ハナへも話したり、相談したりすることは禁止です。

破った場合はテスター権限が剥奪《はくだつ》されます。


今回、俺にだけこんなミッションが与えられている。

これは俺だけでなんとかしないといけない……んだけど、どうしたもんか。

花宮ハナのすごさをクラスに伝える。クラスのみんなは花宮のすごさを充分《じゅうぶん》知ってるじゃないか。成績はトップクラス、性格だってきわめて評判がいい。それに、見た目はもう言わずもがな。

そんな誰もが知ってる花宮のすごさを俺がどうやって伝えればいいんだ……。

まさか、みんなーちょっと聞いてくれ！　この花宮ってすごいんだぜ！　なんてな……ンなことアホでもやらんわ……。メインのミッションだけでも困ってんのにこんなもんまで……。

どうしたもんか……と顔を上げるとびしょ濡れの女子が二名、俺の目の前に立っていた。

「凪野、そんなトコでなにひとりで青春してんのよ」

彩崎と花宮だった。二人とも何が楽しいのか、イタズラっぽい笑《え》みを浮かべている。

俺は慌ててスマホをしまうと言葉を返す。

「あ、いやまぁべつに……ってかどうしたんだよお前ら」

取り繕《つくろ》う俺に、花宮はにっこりと笑うと。

「凪野くん、そのスマホって——」

ふ……と気付くと花宮も彩崎も、その手に水をなみなみたたえたバケツを持っている。

アレ、その質問って、まさか……。

「——そのスマホって……ぼ・う・す・い？」

目の前には笑顔《えがお》の花宮と彩崎。

俺がコクリと頷《うなず》くと、二人は俺にバケツを振りかぶり————

◆

目の前には真っ青な空と白い雲。背中には青いプールの底。

俺はびしょ濡れの制服のまま空のプールに寝《ね》そべり、ただぼんやりと空を見上げていた。

さっきまで聞こえていたクラスメイトたちのはしゃぎ声も今はまばら。はしゃぎ疲《つか》れたみんなは、揃いも揃ってずぶ濡れのびしょ濡れだった。

「さ、そろそろ行こっか」

みんなを促《うなが》すように立ち上がったのは花宮だった。

びしょ濡れのスカートの裾《すそ》をたくし上げギュッと絞《しぼ》る。ぽたぽたと滴《したた》った水が、プールの底に小さな水たまりを作る。

花宮の合図でみな帰り支度《じたく》を始めている。

水泳部の何人かは、本当に助かった、と俺たちにお礼を言っていた。

みんなに号令をかけた花宮のそばに彩崎が寄って行き、なにやら話をしている。何の話をしてるのか俺の方までは聞こえなかったが、二人の顔を見ると、彩崎の中にあったわだかまりも今はキレイさっぱりなくなっているように見えた。

そんな二人や、青い空や、きれいになったプールや、ずぶ濡れでなにかをやりきった顔をしているクラスメイトたちを見て思う。なんか……青春っぽいな、と。

一年の頃《ころ》にはなにも思い出などなかった高校生活も、今はこんな感じに……多分、いい方向に変わり始めてる気がする。

正しい青春ってのは、もしかしたらこんな感じなのかもしれない。

心に爽やかな青い風が一瞬だけ吹いた気がした。だけど、やっぱり今はただ単純に喜んでるワケにはいかない理由が俺にはある。

ミッションと極秘ミッション。このふたつを同時に進行しなければいけないのだ。

第三のミッションの方は今日の出来事でなんとなく光明が見えたような気もする。

今のクラスを見渡《みわた》してみると、なんとなくでしかないけど、グループごとに存在した透明の壁《かべ》のようなものが取り払《はら》われたような、そんな雰囲気になっていた。

これがクラス一丸となってに該当《がいとう》してるとありがたいんだが……。

それに、極秘ミッションの方もどうしたもんか。花宮のすごさをみんなに伝えるといわれても、俺が伝えられる花宮のすごさなんてきっともうみんな知ってるはず。

こんなことを考えながら、みんなから一足先にプールから上がる。

プールサイドで全員が上がってくるのを待ちながら、頭の中ではぐるぐるとミッションのことを考えていた。

「おーい凪野ー」

声のした方を見ると彩崎が俺に手を振《ふ》っていた。俺の視点からは彩崎の胸から上くらいしか見えない。そんな彩崎は俺に手を振っていたかと思うと、突然、彩崎が消えたのだ。

ん？　なにが起きたんだ？

俺が考えていると、少しして五ｍほど離《はな》れた場所から彩崎の頭がにゅっと出てきた。

「やー引っかかったな、驚いたか」

なんのことはない。

彩崎は俺に手を振った直後にしゃがみ、屈《かが》んだままの体勢で今頭を出したところまで移動して俺を驚かせたのだ。ニコッと笑う彩崎の隣では花宮がくすくす微笑《ほほえ》んでいた。

「子どもみたいなことやってんじゃ……」

やってんじゃねーよ。そう言おうとして、俺は、閃《ひらめ》くものがあった。

これなら、ふたつのミッションを同時にクリアすることができるかもしれない。


その夜。

慣れないプール掃除で体はアチコチ痛かったけど、嫌《いや》な疲れではなく、逆に心地《ここち》よさすらあった。心地よい痛みに体を任せつつベッドに横になると、俺はメッセージアプリを起動し花宮を選ぶ。

『今いい？　相談があるんだけど』

返事はすぐに来た。

『うん、大丈夫《だいじょうぶ》。今日はおつかれさま、助かっちゃった』

俺をねぎらってくれる花宮に相談を持ちかける。

『それで、発表内容のことなんだけど　俺にひとつ案があるんだ』

花宮から、かわいいイラストのねこが頷いてるポーズのスタンプが送られてくる。

発表内容のことで、俺にはひとつ思いついていたものがあったのだ。

『俺たちのクラスの発表なんだけど、人形劇をやるってのはどうかな』

『人形劇？』

『あぁ、今日の掃除の最後、彩崎が俺を驚かせようとふざけてたろ？』

『あーなんかやってたね、それと人形劇となにか関係あるの？』

あの時の彩崎の姿がなにかに似てると感じ、すぐに人形劇に似てるなと思ったことを花宮にカンタンに説明した。

『ユウの視点からはそう見えたんだね。確かに人形劇っぽいかも。でも、なんで人形劇がいいと思ったの？』

『人形劇っていうか、人形と人間が共演するカタチの劇なんだけどな。んで、理由は――

――』

ミッション達成を目指すには人形劇が良いかもと思った理由はいくつかある。

まず文化祭の発表となるといくつか候補はあるが、演劇は、模擬店《もぎてん》やなにかの研究や展示にくらべ役割分担《ぶんたん》が多いということだ。実際に出演する出役はもちろん、表に出ない人間たちにも大道具に小道具。美術に、人形制作に、と多岐《たき》に渡《わた》る役割があること。

人形と人間が共演するカタチなら、好んで人前に出たがるタイプのヤツからだって不満は出ないだろう。役割が多ければ、みんなそれぞれの得意不得意ある中で自分にあった役割、ポジションで仕事が出来る。

また、今日の彩崎のようにみんなそれぞれ事情もある。

部活がある者もいれば、予備校に通ってるやつだって少なくない。

みんなが自分の持てる時間を使って、それぞれの範囲《はんい》の中で程《ほど》よく一体感を得られそうなものは……と考えたとき、人形劇がぴったりなのではないかとひらめいた。

『――――って理由なんだけど、どうかな』

メッセージを送るとすぐに既読《きどく》がつく。

考えているのか花宮からの返事はすぐにこず、代わりに、イラストのかわいいねこが頭をかかえうーんうーんと考えてるスタンプが送られてきた。

しばらくして。

『いいんじゃないかな、いいと思う　私は賛成』

となると、次の問題は誰がどうやって人形劇を提案するかなのだが……と、考えていたら花宮から続けてメッセージが届く。

『それじゃ、私が明日のHRで提案してみる　もちろん、みんなから意見を募《つの》るけど、多分、前もって彩崎さんに下話さえしておけば、この意見にみんな賛成する流れにもってけるんじゃないかな』

今日の一件で彩崎とのわだかまりも解消されたようだ。

不動のナンバー1花宮と、ナンバー2の彩崎がタッグを組めばだいたいどんな空気でも作れそうな気がした。花宮はねこが親指をたててウインクしてるスタンプを送った後、続けてこう送ってきた。

『いろいろ考えてくれてありがとう。マッチング相手がユウで、なんか、よかったなって』

こんなことを言われるのが文字で良かった。

花宮が俺に直接こんなことを言ってきたのだとしたら、きっと照れすぎて怖さが倍増した俺の顔を見られてしまったことだろう。

発表内容については大丈夫そうだ。

そこで、俺は花宮にもう一つ、頼《たの》み事《ごと》をすることにした。

『花宮にお願いがあるんだけど、もし人形劇に決まったら花宮には――』

◆

「――ということでうちのクラスの発表は人形劇に決まりました」

黒板には俺の文字で人形劇と書いてあり、その下には正の字がたくさん。その他の案にはまったく票が入っていなかった。まさに、文字通り満場一致《まんじょういっち》。

おそらく、花宮が彩崎とタッグを組みクラスの空気を事前に作っていてくれたことで、ここまで意思の統一が図《はか》れたのだろう。

あいかわらず花宮すげーな……などと考えている俺を余所《よそ》に、花宮は話を進める。

「それでは次に、人形劇に必要な役割を分担していきたいと思います」

人形を操作する出役に、実際に生身を晒《さら》して演技をする役者。人形作成。大道具小道具に脚本《きゃくほん》。美術。それと、細々としたことを引き受ける雑用まで。

おおよそ劇に必要な役を書き出し、それぞれ挙手をしてもらって役割を振っていく。各役割を順調に決めていき、あといくつかを残すのみとなった。

「では次に、美術やりたい人いませんか？」

花宮が促すと、誰も手が挙がらなかった。

すると、みんなの前で司会進行役をやっていた花宮がちいさくおずおずと手を挙げた。

「じゃあ私、美術やってみようかな……。あと……もしよかったら脚本もやってみたいんだけど……他にやりたい人いなければ……だけど……」

その瞬間《しゅんかん》、クラスがちょっとだけざわついた。

花宮なら役者をやるべきだろうと、みんなが思っていたからだ。

彩崎がさっと口を挟《はさ》む。

「ねぇ、ハナって絵とか得意なの？　脚本とか大丈夫？　あたし手伝おっか？」

彩崎はすでに役者に手を挙げていたのだが、花宮の意外な立候補を誰も挙手しないことへの気遣いだと捉《とら》えたらしい。花宮はそんな彩崎の発言を受け、コチラへ一瞬だけ振り返ると俺にだけわかるくらいの小ささで、大丈夫かな？　と口を動かす。

俺は返事の代わりにグッと頷く。

花宮は彩崎の方を振り返るとこう言った。

「ありがとうアカネ。でも……じ、実は私、絵とかちょっと興味あって……少しは描いたりするから……それに、脚本とかも興味ある……かなー……って。ダメ……かな」

それを聞いた彩崎は、

「そっか、ハナが自分でやりたいならあたしは全然。困ったらいつでも手伝うからね！」

そう言ってにっこりと笑う。

花宮はもう一度振り返ると不安そうな顔で、これでよかったの？　と視線でうったえかけてきた。

俺は、全然全く問題ないという顔でもう一度頷《うなず》きを返す。

昨日、俺がメッセージアプリで送ったもうひとつのお願い。それは、花宮には美術と脚本を担当してもらいたいということだった。

作家になりたいと言う花宮。

以前、カフェで見せてもらった絵はそれは素晴《すば》らしく、美術としての役割を十二分に果たせそうな出来だったのだ。脚本の腕前《うでまえ》まではわからないけど、高校の文化祭の出し物としての脚本であれば、将来作家を目指している花宮にはこなせるのではないかと考えた。

それに………。

極秘ミッション　花宮ハナのすごさをクラスのみんなに伝える

このミッションの達成を目指すにはこれが一番だと思ったし、本当の花宮自身をクラスのみんなに知ってもらう良いきっかけになるのではないか。……それになにより、俺自身が花宮の描いた絵が好きだったのだ。

クラスのみんなからの同意も得られ、晴れて花宮は美術兼《けん》脚本担当となった。

ちなみに。俺は一番楽そうで責任もなさそうな雑用係を仰々《ぎょうぎょう》しく仰《おお》せつかった。

――ここからの時間は本当に早かった。

美術兼脚本を担当することになった花宮は、三日後には人形劇の脚本を書いてきた。人形操作役と役者の数も、すでに決められたクラスの希望人数と合うように書かれたその脚本。

放課後HRを開き、雑用の俺が人数分コピーしたソレを配る。みんなが花宮の脚本を確認している間、ほんの十分にも満たないような時間だったと思うけど、その間、花宮はギュッと口を結び、額には薄《うっす》らと汗《あせ》を滲《にじ》ませ、脚本を読むみんなの顔を不安そうな顔で見ていたのを俺は静かに見守った。

やがて全員が読み終わると、クラスは絶賛の嵐《あらし》だった。

それを見てようやくほっと胸を撫で下ろした花宮。

口々に花宮の隠《かく》れた才能を褒《ほ》めていたクラスメイトたちだったが、同時に、花宮の面白《おもしろ》い脚本にやる気に火を付けられたらしい。

「大道具としては森のシーンの書き割りが必要だな」

「この女の子の人形はどんな服がいいんだろう」

「衣装《いしょう》の生地《きじ》、ドコで売ってたっけ。これから一緒《いっしょ》に買い出しに行かない？」

　こんな具合に、みんなそれぞれこの劇を良いものにしようと走り出した。

　また、そのすぐ後には花宮が当日校内に貼《は》るための案内ポスターを描いてきて、こちらも脚本のイメージにぴったりの素晴らしい出来栄《ば》えだった。

　それを見たみんなは花宮の隠れた才能に感嘆《かんたん》した。

　脚本もポスターもみんなが舌を巻くほどの出来栄えで、もうこのころには、やっぱり花宮だからなんでもできるんだな、って反応じゃなくなっていて。花宮はやっぱりスゲーよ、だけど、俺らだってスゲーもの作ってやろうぜ！　みたいな空気になっていた。

　花宮とマッチングする前。一年の時の俺は、放課後になるとたまに級友と多少雑談をして居残るくらいで、基本的には即《そく》帰路についていた。

　それが今は違《ちが》う。

　俺は雑用係として各部門の進行具合を確認する為、毎日せっせとそれぞれの係りが集まってる中に顔を出し、進み具合を確認し、そのついでに新たな雑用を押《お》し付けられ、その最中に他のグループに顔を出し……と、もしかしてコレ雑用が一番大変なんじゃねーの……？　と思わずにはいられないほど目まぐるしく働かされていた。

そして、一週間が過ぎ、二週間が過ぎ。三週間が過ぎるころには、人形劇はおおむねカタチになってきていた。

みんなは自分の所属する部門の進行状況《じょうきょう》しか正確には把握《はあく》できていない中で、雑用という名の進行管理まで任せられていた俺だけは全体の状況を把握してたんだけど、どこの部門も準備は順調だった。

でも、ただ順調に進んでいるというだけではない。みんな真剣《しんけん》に、そして、とっても楽しそうに準備に取り組んでいるのが肌《はだ》で伝わってくる。

花宮の脚本にそれだけの力があったのか。それとも、あのプール掃除《そうじ》の日にクラスが一致《いっち》団結できたのか。それはわからない。だけど、少なくとも文化祭準備を始める前のクラスとは大きく雰囲気《ふんいき》が変わっていた。

それに……。

「よ、凪野。小道具の方にもう少しこの剣《けん》は細い方がいいって言っといて」

役者部門のヤツにこんなことを言われ小道具の方へ行くと、

「わかった、それより今休憩《きゅうけい》中だから凪野も混ざってけよ」

と小道具係の男子に言われる。

仕事が詰《つ》まっていたのでやんわりと断ると、

「大道具の方へ余ってる書き割りの端材《はざい》ないか聞いといてくれる？　ちょっと使いたいんだ」

と仕事を貰《もら》い大道具の方へ向かうと、

「よう凪野。なんでそんな怖《こわ》い顔してんだよ。それより、今日も暑いからこの前みたいにプール行きたくね？　凪野からまた提案してみてくれよ」

俺が最高の笑顔を作ってやんわり断ると、

「……目が笑ってないにもほどがあるだろ……無理難題言ってごめんな……。まー、プールで遊んでる場合じゃないか。そうだ、夏休みになったらみんなで遊びに行こうぜ！　花宮とか彩崎も誘《さそ》ってさ！　お前も来いよ。……あ、そうそう、脚本のこの部分なんだけど――――」

……と、こんな感じに雑用で各部門を回りながらも、俺に対するみんなの態度もなんというか、以前とは違うあたたかい空気になっているような気がして。

この準備の時間は、俺にとっても、忙《いそが》しくも楽しい時間だった。

花宮の方も、背景に使う絵の準備を自宅でせっせと進めてるらしく、順調に進んでると聞いていた。

『せっかく美術やらせてもらえるんだし、ちょっと試《ため》してみたいことがあって。なにをやるかは今はナイショね。準備は順調だから心配しないで』

なんでも、一度設置してしまうと取り外しが大変だとかで、当日までのお楽しみだと言ってたからそれについては花宮を全面的に信頼《しんらい》することにした。

こうして、俺たちのクラスは順調に準備を進めていった。

◆

あっという間に時間は過ぎ、文化祭本番が三日後に迫《せま》った帰り道。

誰が言い出したか、時間がある十人ほどのメンバーでファミレスに寄っていた。その中には花宮や彩崎、それに、いつも花宮と一緒にいた花宮グループのヤツもいれば、それまで全然関わりのなかったようなヤツもいて。

それに、俺もその中にいた。

そういや、クラスの連中とこうしてどこかで集まるなんて初めてかもしれないな。

クラスの準備はほぼ終わり、演技の練習も上々だ。

俺たちはファミレスに集まり、ドリンクバーで乾杯《かんぱい》しながら発表の成功を誓《ちか》い合った。

その後、みんなで実も花もないような下らない話で笑いあった。発表準備をする中での自分たちの部門のおもしろ失敗談や、他のクラスの出し物の様子。文化祭が終わった後に訪《おとず》れる定期テストへの愚痴《ぐち》や、個性的な教師の物まね。

取り留めもなく続く下らない話はまるで、数日後に訪れる本番への緊張《きんちょう》を少しでもほぐそうとしているかのようで。

そしてそれは、俺の高校生活で初めて訪れた、大勢の友達と過ごした時間でもあった。

楽しくて、気恥《きは》ずかしくて、居心地《いごこち》がいいような悪いような、ぬるま湯につかっているような。そんな、久しく感じてなかった青い気持ちが束になって心の奥《おく》の方から湧《わ》いてくる。

一時間ほど話した帰り道。

店を出た俺たちは徐々《じょじょ》に人数が減り、最後は自然と俺と花宮だけになった。空には星が出始めている。

「……今日は楽しかったね。ユウがああいう集まりに来るなんて珍《めずら》しいね」

「雑用だからな、みんなの飲むドリンクの管理も雑用の役目だろ」

俺が返した軽口に花宮はくすっと微笑むと、俺の方を見る。

「ねえ……ユウ。今度のミッション……大丈夫……かな」

不安そうな顔で俺を見る花宮。

その不安は俺にもある。

クラスは今、一丸となって花宮が書いた人形劇をカタチにしようとしている。それも、今までのように花宮が中心であり主体というワケではなく、みんなで持てる力を持ち寄ってそれぞれが出来る範囲の中で懸命《けんめい》に、そしてなにより楽しく準備を進めていた。

雑用の俺はみんなのこれまでのがんばりや作業中の雰囲気を知ってるから、それが義務感からくるものではないこともわかってるつもりだ。

役者陣《じん》の練習の方も上々で、本番までには問題なく仕上げられるだろう。俺は、スマホを取り出すとアオハコを起動しミッション画面を表示させる。


ミッション　二人の青春力でイベントを成功させろ！

充分に距離を縮めた二人の青春力を発揮する時がやってきた。

凪野ユウケイ、花宮ハナの二名は、今度開かれる青風祭で実行委員になりみんなをまとめ、クラス一丸となってイベントを成功に導いてください。


実行委員になることには成功した。

クラスは今、一丸となっている。

あとはこのイベントを成功に導ければ、晴れてミッションは達成される………はずなんだけど……なにをもって成功となるのかがいまひとつわからない。

でも、ここまでやってきた俺にはひとつの考えがあった。

俺はここしばらく考えてきたことを花宮に口にする。

「……多分だけど、俺、なんか大丈夫な気がしてる」

「どうして？」

首を傾《かし》げる花宮に返す。

「最近のクラスの雰囲気とか、みんなの顔とか見てるとクラス一丸となってるし、本番だって大きな失敗もなく無事に迎《むか》えられそうだよな」

花宮は不安そうな顔を俺に向ける。

「……うん。一丸となって、って部分は確かに大丈夫そうなんだよね。でも、最後の成功にって部分が……何をもって成功なのか……よくわからなくって」

俺は不安そうな花宮に返す。

「最近思うんだ。アオハコってさ、俺たちに本当に青春させたいダケなんじゃないかって」

「本当……って？」

「花宮は考えたことある？　運営もわからなければスマホから削除《さくじょ》もできない。青春マッチングアプリなんて謳《うた》っちゃいるが、コイツの本当の目的ってなんだろうって」

「うん、それは私もずっと考えてる……でも、考えてもわからないし……未だにネットやSNSで検索《けんさく》しても全くと言っていいほど情報出て来ないよね。私たちの他にもテスターがいるのなら出てきてもいいのに」

コチラを向く花宮に頷きつつ返す。

「あぁ、テスターの中には規約に反してネットに情報発信するヤツだっていてもおかしくない。でも、出て来ない。これだけ手間暇《てまひま》かかってるアプリ、俺と花宮だけがテスターとして動いてるってことも考えにくいのにだ」

隣《となり》で花宮が頷くのを見て、話を先に進める。

「ってことは、まずひとつ。テスターの数はごく少数なんじゃないかってこと。数を絞ってるのかテストが始まったばかりなのかはわからないけど、人数が少なければそれだけ情報が外に漏《も》れる可能性も減る。そして、コッチの方が大事なんだけど――」

俺はそこまで言うと一旦《いったん》言葉を止め、花宮の方を向く。

「――そんなごく少数のテスターはみんな、今のところアオハコに満足してるんじゃないかって思うんだ」

「あ……」

隣で短く言葉を漏らす花宮。

「現時点でのテスターはごく少数。そんな少数のテスターは、なんだかんだで今もアオハコを利用してる。だから規約違反《いはん》して情報を外部に漏らそうとするヤツが出て来ないんじゃないかって。それは裏を返せば、アオハコはテスターに対しおかしなふるまいをしていないってことなんじゃないかな。出所も目的も分からない怪《あや》しいアプリだけど、コイツは、ただ単純に俺たちに『本当に青春させる』ってことを目的としてるんじゃないかな……って」

花宮は少し考えると、静かに口を開く。

「そう……ね。ここまで情報が出てきてないってことは、ユウの言ってるとおりなのかも……。でも、仮にそうだったとして今回のミッションが大丈夫な理由って？」

「俺らはこれまでアオハコの用意したミッションに挑《いど》むことで、なんか、青春っぽくなること多かったよな。一緒に弁当食べたり自転車に乗ったり。普段《ふだん》はしないような話もしたし」

花宮は少し考え込《かんがこ》むような仕草をした後頷く。

「……そうね、確かに青春っぽいこと多かった。ちょっと古臭《ふるくさ》かったけどね」

「それにパンツも見たし」

「記憶《きおく》 消し方 検索……っと」

同時に笑いが漏れる。

俺は夜空を見上げながら続ける。

「んで、今回も俺たちは色々と頑張《がんば》った結果、クラスは一丸となって準備に燃えてる。これってかなり青春っぽいよな。今までのミッションみたいに」

静かに頷く花宮に俺は続ける。

「だから、アオハコの目的が本当に青春させたいダケなんだとしたら、このまま準備をがんばって、当日、みんなが力を出し切って後悔《こうかい》のない一日にすればきっと、それが成功ってことでいいんじゃないかなって思うんだ。少なくとも俺は、今のクラスの状況、嫌《きら》いじゃない。なんつーか……まさに青春……って感じだろ?」

こうは言ったものの自信なんてない。

自信なんてないけど、でも、今の状況が……俺は本当に嫌いじゃないんだ。

みんなで話すことが楽しくて。すぐに忘れるようなバカ話は刹那《せつな》的《てき》で。目の前の文化祭に一生懸命《いっしょうけんめい》取り組んで。夏の生暖かい夜風を受けながら歩く隣には、クラスで一番かわいい女の子がいて……。

花宮は不安そうだった顔をふ……と緩《ゆる》めると、こっちを向いてにっこりとほほ笑む。

「そう……だね。うん、このままで大丈夫……だよね。きっと大丈夫」

大丈夫。俺《おれ》たちはきっと今度のミッションも上手《うま》くいく。

俺は心の中にわずかに残る不安を心から追い払おうと空を見上げる。そこにはいくつもの星が浮かんでいた。

そして、俺たち二年一組は文化祭当日を迎えた。

◆

その日は朝から雲一つない晴天だった。

いつもより早く登校すると、学校は既《すで》にお祭りムード一色。校門には大きな門が立てられ、でかでかと《青風祭》と書かれている。いつもは殺風景な校庭も他のクラスの準備した模擬店がいくつも並び、生徒たちが忙しそうに走り回っている。

校内も色とりどりに飾《かざ》り付けられ、見ているだけでも心なしか浮き足立《あしだ》ってくる。廊下《ろうか》や昇降口《しょうこうぐち》には各クラスの宣伝ポスターが張られていたが、なかでも花宮が描《か》いたポスターは一際目《ひときわ》を引いていた。

なにかのコスプレをしたり、派手な格好をした生徒たちがうろうろと廊下を行きかい、今か今かと祭りの始まりを待っていた。

俺も足早に自分のクラスに向かい、雑用として文字通り各部門の雑用をこなす。そうして予定通りに準備も終わり、あとは午前の部の開演予定時刻を待つばかりとなった。

俺はすっかり準備を終えた教室でひと息ついていた。

午前の開演まではあと一時間ほど。

仕事のないクラスメイトたちは他のクラスを見に行ってるので、教室の中には数人の生徒がいるだけ。

俺は教室にずらっと並べられた椅子《いす》を窓のそばに置き腰《こし》を下ろすと、窓の外を眺《なが》める。

騒《さわ》がしい校内。静かな教室。

青い空。じりじりとした夏の日差し。

校庭の模擬店は大盛況《だいせいきょう》だ。

準備は万端《ばんたん》。多分、これで上手くいく。だって、みんなで頑張って来たしな。

そんなことを考えてると、教室に残っていた男子の一人が俺に声を掛《か》けた。

「おーい凪野。お前にお客さん来てるぞ。……なんかめっちゃカワイイ子なんだけどどういうことだよ」

振り向くと、教室の入り口の所に一人の女子が立っていた。

「来たよっ、ユウにい。やっほー」

そこには幼馴染《おさななじみ》であるミツキがコチラに軽く手を振りながら立っていた。

この前三人で帰ったとき、来るって言ってたことを思い出す。

栗色《くりいろ》の髪《かみ》に小柄《こがら》な体。頬《ほお》に一枚の絆創膏《ばんそうこう》を貼り、短いスカートを揺《ゆ》らしながら教室の入り口からちょこんと顔を出し、俺の方へ笑顔を向けている。

「入っていい？　まだダメかな」

頬の絆創膏が俺の心の奥の方にある傷跡《きずあと》を刺激《しげき》してくるようなかすかな痛みを感じたが、それを悟《さと》られないようできるだけ平静を装《よそお》う。

「あー……いや、全然大丈夫。まだ開演前だし」

俺が座《すわ》ったまま手招きすると、ミツキは他の生徒たちに軽く会釈《えしゃく》をし、並べられた座席の間をするすると抜《ぬ》け俺の隣の席に腰を下ろした。

椅子に座り、クラスの中を見渡すとミツキは言う。

「えーっと……ユウにいのクラスなにやるの？　大きなカーテン屋さん？」

そう言って楽しそうに笑うミツキ。

開演まで舞台《ぶたい》の状況が見えないよう、観客席と舞台の間に大きな白い布を天井《てんじょう》からかけている。

「あぁ、カーテンを開けるとそこは別の世界。驚《おどろ》き過ぎて目が飛び出るから代わりの目玉を用意しといた方がいいぞ。ってか、お前も見ていくのか?」

昔はよくこうやって冗談《じょうだん》を言い合ってたっけ。

するとミツキは頬をふくらませる。

「模擬店に目玉屋さんあったかなー、あとで探しとかないと……って、見てくに決まってるんじゃん! その為《ため》に来たんだし! ユウにいのクラス、人形劇やるんでしょ? ポスター見た! すごいキレイでちょっと楽しみかも」

「おう、ポスター以上にすごい出来だから楽しみにしとけ」

俺が言うと、ミツキは小さな胸を膨《ふく》らませて笑う。

「あはは、わかった! ……でもユウにい。人形劇なんてユウにいの趣味《しゅみ》とは違うよね」

「あー……まぁ、俺の趣味じゃないな……」

小さいころの俺をよく知ってるミツキなら、俺がこんなメルヘンな世界観を好むとは思わないだろう。実際ソレは正解で、小さいころの俺は戦隊モノとか変身ヒーローとか、いかにも男子が好きそうなものを好んでたし、今でもそれは変わってない。

「それなのに結構準備とかがんばってたんでしょ? 親から聞いたよ」

高校に入ってから青春の過ごし方がわからなかった俺にとって、確かに今回の文化祭は久しぶりに真剣に取り組んだ学校行事だった。そのことが親づてにミツキに伝わっていたことに俺は恥《は》ずかしくなり、あいまいな返事を返す。

「こういうのもいいもんかな……って。クラスも盛り上がっちゃったしな」

ミツキは俺の返事を聞くと、ふ……っと小さく息をはき、目を細めた。

「……そっか。なんだか、昔みたい……だね。ユウにいがこういうのがんばるの。なんだか懐《なつ》かしい感じ」

以前の俺はこういうイベントごとが結構好きで、運動会とか発表会のたびにめちゃくちゃ気合を入れていた。そしてそれをミツキに自信満々に話してたし、話を聞いたミツキは純粋《じゅんすい》に俺の話に感心していた。そんな俺がこうしてなにかに懸命に取り組んでいる姿は、ミツキからすると懐かしいんだろう。

「ねぇユウにい。なんで今回はこんなにがんばってるの?」

ミツキは俺の方を真《ま》っ直《す》ぐに向き、質問する。

大きな目が俺を捕《とら》え、思わず目を逸《そ》らしてしまった。ミツキのキラキラとした、まるで小さな子供のような水分量の多い瞳《ひとみ》で視線を合わせられるとつい逸らしてしまうのは昔から。

今回ばかりは本当の理由を言うこともできない。

「ま、まぁ……なんとなくそんな気持ちになったから……かな」

「花宮さんでしょ」

突然核心《とつぜんかくしん》に触《ふ》れるミツキ。

昔から妙《みょう》にカンが鋭《するど》いヤツだとは思ってたけど、やっぱり女のカンってのは鋭いもんなんだろうか。それとも俺がわかりやすいのか……。

なんて答えたもんかわからず、誤魔化《ごまか》すための嘘《うそ》もつきたくなくて、ばつが悪そうに口をへの字に曲げると黙《だま》って顔を背《そむ》け頭をかく。

「やっぱりね。そっかそっかー、花宮さんキレイだもんね。そりゃーユウにいが好きになっちゃうのも仕方ないか。うんうん」

ミツキは両腕《りょううで》を組むと、楽しそうにうんうんと大げさに頷《うなず》いている。

確かに花宮は素敵《すてき》な人だと思う。

だけど、それが恋愛《れんあい》感情かといわれると……どうなんだろう。俺は花宮のこと、どう思ってるんだろう……。

自分で自分の気持ちがわからない気持ち悪さに蓋《ふた》をしながら、右手を顔の前でパタパタと振《ふ》る。

「あー、そんなんじゃないから。お前のカン違い。俺と花宮じゃ釣《つ》り合わないだろ」

するとミツキはケラケラと軽《かろ》やかに笑う。

「あははっ、まー……そっか。花宮さんとは釣り合わないよね、うんうん」

「否定できないのが悔《くや》しくもないほど、花宮、いろいろすごいやつだしな」

俺が同意すると、ミツキはきょとんとした顔でこう言った。

「え？　ユウにいなに言ってんの？　花宮さんがユウにいに釣り合わないって意味だから」

なに言い出したんだコイツ。

てっきりまた冗談かと思い、なんてツッコミを入れようかとミツキの方を見ると、さっきまで笑っていた顔が今は真剣な目になっていた。水分量のあるキラキラとした大きな瞳。

小さな体に不《ふ》釣《つ》り合いな力強い目に思わず言葉を失ってしまい、しばらくミツキの大きな瞳に見つめられていた。

どれくらい見つめ合っていただろう。時間にして数秒とか、そんなもんだったと思う。だけど、とても長い時間に感じられた。

ミツキは突然《とつぜん》うろたえたかと思うとワザとらしく笑い出した。

「ウ………ウソウソウソ、冗談だって。た、確かに花宮さん素敵な人だもんね。美人だし。ユウにいが夢中になっちゃうのもわかるなー。でも………」

ミツキはパッと椅子から飛び跳《は》ねると俺の前に立った。そして、俺の頬を両手でつかみ顔を近付ける。ミツキのかわいらしい小さな顔が急に俺の目の前数センチの距離《きょり》に現れた。

ミツキの揺れる髪が俺の鼻先をくすぐる。昔からよく知っているミツキの匂《にお》いに混じって、小さい頃《ころ》にはなかったシャンプーの香り。

「でも……ユウにいも花宮さんに負けないくらいすごいよ。アタシ、知ってるから」

ミツキはそう言うとパッと顔を離《はな》し、クルッと振りかえる。チェックのスカートがふわりと広がり、そこに夏の日差しが反射する。

「なーんてね。それじゃ、開演楽しみにしてるから。さーて目玉屋さん探しにいこーっと！」

ミツキは俺の返事を待たず教室を出て行ってしまった。

後に残された俺が、一部始終を見ていたクラスの男子たちから尋問《じんもん》にあうのはこのすぐ後のことだった。

◆

カーテンを閉め切り真っ暗にされた観客席には、ありがたいことに大勢のお客さんが座り、劇が始まるのを今か今かと待っていた。

カーテンの隙間《すきま》からちらっと見たら、ミツキもいつの間にか戻《もど》ってきていて座席のひとつにちょこんと座っている。

大きなカーテンで隔《へだ》てられた舞台側で、各自、それぞれの持ち場に着く。

準備は万端。

ベニヤ板で作った簡易的な舞台の袖《そで》で花宮がみんなに小声で号令をかける。

「……みんな、準備はいい？　それじゃ………いくよ！」

花宮は、片手を挙げナレーション担当の女子に指示を出す。同時に、照明担当も動く。

教室の照明が落とされ、辺りは真っ暗になった。

ざわざわしていた観客席が、す……と静まり返る。

「これより、二年一組の人形劇を開演いたします――」

続いて音響《おんきょう》担当が大きなブザーの音を鳴らし、開演ムードはいやが上にも高まっていく。

舞台の両端《りょうたん》に隠れるようにしていた大道具係りが天井からつるされた白い布を引っ張ると同時に、照明担当が舞台中央を照らす。

その瞬間……俺は、大勢の人が同時にはっと息を飲む音を聞いた。

観客たちの目の前に広がっていたのは――色鮮《いろあざ》やかな森だった。

客席から見える舞台は、まるでおとぎの国の森への窓がひらかれたかのようだった。

赤や青、黄色に緑に紫《むらさき》に。淡《あわ》い色調で統一された様々な色を組み合わせて描かれた木々。その下にはこれまたカラフルに描かれた草に、甘《あま》い匂いまで感じられそうな花。色とりどりに描かれた森が、観客たちの目の前に広がったのだ。

一見本物のファンタジーな森に見えるそれは、よく見ると一辺が50センチくらいの白い紙に水彩《すいさい》絵の具で描かれていた。グラデーションを付けた木々や草花が、舞台後方の教室に隙間なく張り付けられている。

舞台として使うスペースやその後方、それに、天井や床《ゆか》にまで。客席から目に入る全てにカラフルな森が広がっている。

しかも、ただ貼られているだけではなく、場所によっては幾重《いくえ》にも折り重なるようにしてあり、そこに照明が当たると影《かげ》の効果で立体的に見える仕組みになっていた。配色も工《く》夫《ふう》されていて、一枚一枚はただのきれいな草木の絵でしかないのだが、数の迫力《はくりょく》と、色調の統一感によりまるで本物の森のように見せている。

『ちょっと試してみたいことがあって』

花宮が言っていた試してみたいこととはこれだったのだ。

これだけの量なので、よくよく見るとコピーも多く使ってたりするんだけど、そんなことなどどうでもいいと思えるほど、森の匂いや爽《さわ》やかな風まで感じられそうな出来栄えだ……と、自分たちでは思ってたけど、実際どうなんだろうと開演前までは心配もしていた。だけど、さっきの観客たちの息を飲む音を聞いて安心した。

カラフルな森の中央には人形が登場する舞台が置かれている。丁度下に人が隠れられるくらいの高さだ。大道具係りが苦心して作ってたのを雑用の仕事の途中《とちゅう》で見ていたし、時には手伝ったりもした。

あっけにとられている客たちの前に、その中央の舞台から、小さな女の子の人形が現れた。

女の子はカラフルなおとぎの森で鼻歌混じりに遊んでいる。

続けて森の動物たちの人形も登場し、微笑《ほほえ》ましい雰囲気のＢＧＭが流れ出す。

かわいらしい素敵な空間だな……と思った瞬間、照明が切り替《か》わる。

今まで女の子や動物たちのいた舞台の照明が薄暗《うすぐら》くなり、かわりに照明が手前に当たる。

すると、今度は貧しい服を来た、ひとりの、人形ではない生身の女の子が出てきた。

彼女《かのじょ》は眩《まぶ》しそうに、まるで太陽を見るかのように目を細め森の方を見ると、最初のセリフを言い始める。

やぁ、リトルホワイトリリー

希望に満ち溢《あふ》れた朝だね
でも、ソッチは遠くて、ボクの声は届かないんだけど

貧しい服を着た少女は、人形の女の子へこう語り掛けた。

舞台上の人形と舞台手前の人間。これは遠近感の演出だ。遠くのおとぎの森にいる人形の少女を、遠くからそっと見ているだけの生身の女の子。近くと遠く。向こうとコッチをこう表現したのだ。

彼女は続ける。

やぁ、元気かい？
久しぶりだね、リトルホワイトリリー
今日も最高の一日だ
木漏れ日《こもび》が揺れる頬
風になびく柔《やわ》らかな髪
汚泥《おでい》で口を漱《すす》ぐボクの目に映る

キミの踊《おど》るような瞳

やあ、元気かい？

リトルホワイトリリー

――こうして俺たちの、カラフルな森に住む女の子と、それを遠くから見ている女の子の物語が始まった。

俺たちは練習通りに劇を進めていった。

最初に幕を開けたときのお客さんの息を飲む音を聞いた俺たちは、全員、口には出さなかったけど、多分、みんなこの公演の成功を確信していたんだと思う。役者は熱の入った演技を披露《ひろう》し、各係はきちんと連携《れんけい》が取れていた。

音響や照明も息はピッタリだったし、観客や、それに俺たちまでもがともすれば舞台の上の出来事に目を奪《うば》われてしまいそうになった。

そして、最後。

ひらひらとカラフルな花びらが観客席まで巻き込んで教室中を舞《ま》い、人形の女の子と貧しい服の少女がついに出会い、手を取り合って森で遊ぶシーンでこの劇は幕を閉じる。

俺たちは最後の最後まで、目立った失敗もなく練習通りにやりきった。

最後の花びらが落ちると、クラスは大きな拍手《はくしゅ》に包まれた。

大歓声《だいかんせい》という言葉では足りないくらいの大きな拍手が、教室の中でいつまでも鳴り響《ひび》いていた。

◆

あれから俺たちは午前の部の片付けをし、午後の部も同じようにやりきった。

午後も大盛況のうちに幕を閉じ、最後の幕が閉じた瞬間《しゅんかん》、感極《かんきわ》まって涙《なみだ》を流す女子もいた。俺たちは全員、心の底から満足のいく文化祭を過ごすことができたのだ。

そうそう、ミツキもあのあと俺のところに来て、興奮した様子で劇の感想を一方的に喋った後、楽しそうに帰って行った。

アイツにも楽しんでもらえたようで俺はほっとした。

そして時間は過ぎ、俺たちの文化祭もあとは片付けを残すのみとなった。

みんながまとめた大量のゴミ袋《ぶくろ》を手に、俺はひとり、校舎の裏にあるゴミ捨て場へ向かっていた。廊下を歩いていると、後ろから声。

「ユウ、手伝うよ。ソッチ貸して」

花宮だった。

俺は花宮にゴミ袋をひとつ渡《わた》すと、並んで廊下を歩く。

廊下には片付け中の生徒たちがちらほらといるが、昼間の騒がしさはもうなく、祭りの後のなんとやらで、なんとなくもの悲しい気持ちが心にじんわりと広がる。

夕陽《ゆうひ》の差し込む廊下で花宮が静かに言った。

「今日はよかったね。よくできた……よね。なんか、自分の描いたものがこうやってカタチになるって……なんか不思議な感覚かも……」

今日の舞台を思い返すようにふっと視線を上にあげ、夕暮れの空を見る花宮。

「上出来……だよな。あんなに大きな拍手、俺、初めて聞いた気がする」

「私も！　すごかったよねー」

花宮はにこっと笑うと俺の方を向き、首をちょっとだけ傾《かたむ》けて俺と視線を合わせた。

「ありがと、ユウ」

「俺だけの力じゃないから……ってか、むしろ俺雑用しかやってないから」

俺がそう言うと、花宮は声を出して笑った。

「あはは、そっか。じゃーそういうことにしておこっか」

ゴミ袋を手に靴《くつ》を履《は》き、昇降口《しょうこうぐち》を抜《ぬ》け、少し歩いたところにあるゴミ捨て場にゴミを置く。

ゴミ捨て場は既に山積みになっていて、俺たちはだいぶ後発組だったようだ。

あたりには生徒たちの気配はない。花宮はゴミの山を見ながら口を開く。

「ねぇ……ユウ……。今日って、その…………上手くいった……よね…………？」

上手くいった。花宮が今言ってるのは、おそらくアオハコのミッションのこと。成功とか達成という単語を使ってないのは、多分、不安があるってことなんだと思う。

俺たちの劇は大成功だったと思う。

劇自体の出来栄《ば》えはもちろん、お客さんの反応も、自分たちの満足度も。それに、クラスの雰囲気だって最高だったハズだ。アレ以上の成功はちょっと考えられないってくらい上手くいった。だから大丈夫《だいじょうぶ》。アオハコのミッションを抜きにして考えれば、この上なく最高の結果だった。だから大丈夫。あれが成功じゃなくてなんなんだ……と、心では思っていても、確証などどこにもない。不安そうな花宮を前にあえて明るく振舞《ふるま》う。

「お客さんの顔見たろ？　あんなに喜んでくれてた。それに、拍手だってすごい大きかったし」

すると花宮は、言いにくそうに口を開く。

「うん…………私もね、大丈夫だと思う。でも……それならなんで、アオハコからミッシヨン終了《しゅうりょう》の通知が来ないんだろう……」

それには俺も違和感《いわかん》を覚えていた。

……と言うのも、午前の公演が終わったとき。俺だけに通知が来ていたのだ。

極秘《ごくひ》ミッション　達成

獲得《かくとく》ＳＰ　250,000

おめでとうございます。

無事、花宮ハナのすごさをクラスのみんなに伝えることができました。

俺だけに与《あた》えられていたこのミッションは、午前の部の終了と共に達成したと判定されたらしい。でも、文化祭ミッション終了の通知は、午後の部が終わっても届かず、今この時に至るまで来ていなかった。

それなら一体どのタイミングで判定されるのだろうと、僅《わず》かな不安と共に疑問を抱《いだ》いていた。

「……大丈夫だろ。あれ以上の成功ってあんまり考えられな――」

考えられない。

そう言おうとした俺の発言を、校舎のスピーカーから流れてきた放送が掻《か》き消した。

『文化祭の全工程が終了しました。みなさんお疲《つか》れ様《さま》でした――』

生徒会の誰《だれ》かだろう。スピーカーからの声は続ける。

『――片付けが残っているクラスは一九時までに全ての片付けを終え、学校から出てください。続いて――』

「あっ…………!」

突如《とつじょ》鳴《な》り響いた放送を聞いた花宮は片手を口に当て、なにかに気が付いたような顔をしている。

「どうかした?」

そう尋《たず》ねた俺の方を向いた花宮の顔色は真っ白だった。

「…………ユウ……もしかしてコレ…………」

今気が付いたことをどう言葉にしていいかわからない。そんな顔。

「うん? どうした?」

俺たちの上にスピーカーからの声がこだまする。

『続いて――優秀賞《ゆうしゅうしょう》の発表です――』

心が一瞬《いっしゅん》にして凍《こお》った気がした。

全身をめぐっていた血がす……と、体からなくなっていくような感覚。

すっかり忘れていた。そういえば去年も、こんな形で優秀賞を決めていたことを。

花宮は、このことに俺より一瞬早く気が付いたのだ。

ミッションのいう成功ってのは、もしかして……。

『――お客様から集めたアンケートの集計の結果――』

不安を顔中に滲《にじ》ませながら耳をそばだてる。

『――今年の優秀賞は――』

心臓が早く脈打つ。ドクドクという鼓動《こどう》が聞こえそうなほど高鳴っている。

『――三年二組の学校脱出《だっしゅつ》ゲーム！』

スピーカーからの放送が高らかに優勝クラスを告げると、校舎のどこからか歓声《かんせい》が上がった。

「まさか……だよな？」

「うん……だいじょ――」

花宮が言い終わる前に、俺のスマホがポケットの中で鳴動する。

花宮も同時にポケットに手を入れている。

このタイミングでの通知。嫌《いや》な予感しかしない。

校舎の裏。誰もいないゴミ捨て場でふたり、スマホの画面を凝視《ぎょうし》する。

［アオハコから通知が届いています］

急いで起動し、アオハコを立ち上げる。

青い箱のイラストがパカっと開くアニメーションすら今はうっとうしい。

やがて画面が切り替わり、ミッションの項目《こうもく》をタップする。心臓が口から飛び出そうになるのを必死に抑《おさ》えながら画面が表れるのを待つ。俺の目に飛び込んできたのはコレだった。

ミッション　二人の青春力でイベントを成功させろ！　失敗
喪失《そうしつ》ＳＰ　500,000
残念ながらミッションは失敗してしまいました。
花宮ハナはＳＰがマイナスになってしまった為、ベータテスターの権限が剥奪《はくだつ》されました。
凪野ユウケイは、花宮ハナとのマッチングが解消されました。

俺は何度もスマホに表示された文字を読んだ。

誤読してないか。なにかが間違《まちが》ってないか。

それでも、何度読んでもそこには、花宮がベータテスターではなくなり、俺とのマッチングが解消されたと書いてあった。

頭の中が真っ白になり、俺は、なにも考えられずただ間の抜けた顔で口をぽかんと開けながら花宮を見た。

花宮も俺とほぼ同時にスマホから顔を上げ、俺の方を見たかと思うと、一言。

「…………それじゃ、そういうことみたいだから。いままでありがと、凪野くん」

表情のない顔でそう言うと、花宮はくるっと俺に背中を向け校舎の方へと足早に歩いて行ってしまった。

後に残された俺はなにも考えられず、その場から動くこともできず。ただその場に立ち尽《つ》くしていた。

こうして俺たちの文化祭は終わった。

青春ポイント残高　凪野ユウケイ　195,400
花宮ハナ　マイナス49,600　ベータテスター権　剥奪

《二人の結末は》

の結末は

「はい、それじゃペンを置いてー。解答用紙は一番後ろの席の人が回収してください」

それまで静まりかえっていた教室は、先生の号令と共に一気に騒がしくなった。

夏休み前の定期テスト。その最後の教科が今終わったのだ。俺もペンを置くとふーっと大きく息をはき体を伸《の》ばすと、後ろから回ってきた生徒に解答用紙を渡す。

窓の外はじりじりと眩しい日差し。誰かが開けた窓から夏の風が入ってきて、白いカーテンをふわりと持ち上げる。

定期テストの最終日。

ＨＲも終わり、テストが終わった解放感からクラスのみんなは三々五々教室を出ていき、遊びに行く相談をしてる。今日くらいパーッと羽を伸ばして遊びたいんだろう。

だけど、そんな気分になれない俺は机に座ったままひとり、考え事をしていた。

文化祭が終わり数週間が過ぎた。

俺たちのクラスは文化祭で優秀賞こそ逃《のが》したものの、演劇部門の部門賞を貰《もら》った。

それダケが理由というワケではないだろうが、文化祭以降、いや、文化祭の準備をしているときから徐々《じょじょ》に、クラスの雰囲気《ふんいき》が変わっていった。今までは固定メンバーのグループで固まっていることが多かったが、最近ではグループの垣根《かきね》もあまりなくなり、誰とでも気軽に話せるような、そんな雰囲気になっている。

俺も今までに比べ、みんなから話《はな》し掛けられることも増え、それなりに楽しい学校生活を過ごしていた。

ただ一点。

あれ以来……花宮《はなみや》と話をしなくなったことを除けば。

花宮ハナとのマッチングが解消されました

あれから花宮とはまともな会話をしていない。

あいさつ程度の言葉は交《か》わすし、必要があれば事務的なやりとりはするんだけど、今までのように放課後を一緒《いっしょ》に過ごすことは一切《いっさい》なくなった。

もう、共にミッションを攻略《こうりゃく》する必要がなくなったから――

何度か声を掛けてみようかとも思った。でも、なんて声を掛ければいいのかわからなかった。

花宮はもうテスターではなくなってしまったから、アオハコの話は禁止事項《じこう》に引っかかる恐《おそ》れがある。

そのことに、俺が構わなくても向こうが気にするだろう。

花宮は相変わらずクラスの真ん中で楽しそうに笑い、俺も相変わらずクラスのすみっこ……から最近はちょっとだけ、イメージ的には半歩分くらい真ん中寄りになりはしたが、それぞれのポジションで高校生活を過ごしてる。

雰囲気の良くなったクラスには青春っぽい空気が流れ、それとは対照的に俺の心には灰色の風が吹《ふ》いていた。

アオハコのミッションがあったから。ミッションを花宮と共に攻略していたから。俺は、あんなにも青春っぽい日々が過ごせていたのかと実感せざるを得なかった。

花宮はテスター権限を剥奪され俺とのマッチングが解消されたが、俺は未《いま》だにアオハコのベータテスターなんだけど……俺の扱《あつか》いはこれからどうなるんだろう。また他の誰かとマッチングするんだろうか。四月。屋上で花宮と出会った時のように。

仮に新しいマッチング相手がみつかったとして、俺はその相手と、今まで花宮と過ごしてきたように協力してミッションをクリアしたり、作戦を立てたり。そんな日々を過ごすことがあるんだろうか。

正直、そんな自分の姿があまり想像できなかった。

わずかに残っていた生徒もカバンを持ちゆっくりと教室を出て行こうとしていた。

一学期ももうすぐ終わり。夏が始まる。

誰もいなくなった教室のカーテンがふわりと揺れる。

花宮ハナ。

最初は住む世界が違《ちが》うと思った。アイツは特別な存在で、俺《おれ》はその他大勢の一般人《いっぱんじん》だと思っていた。なんで俺とマッチングしたのかわからなかった。でも、徐々に花宮を知るうち。花宮の見てる世界を一緒に見るうち。考えが変わった。

花宮が抱《かか》える夢とか悩《なや》みとか、見てる世界とか。そういうのを知って、アイツも俺とおんなじ普通《ふつう》の……青春に悩む高校生なんだと思うようになった。

それに、花宮と協力してミッション達成を目指すのは……なんていうか、ただ単純に楽しかったのだ。

花宮には花宮の目的があったけど、こうして失ってみてはじめて、俺は花宮と過ごす時間が特別だったと気が付いた。

一緒に弁当を食べたり、自転車に二人乗りしたり。休みの日に作戦会議と称《しょう》してカフェでお茶したり。マッチング相手として出会ってから文化祭が終わるまで……俺たちは確かに、青春の共有者だった。

花宮のことを考えると、胸になにかがこみ上げてくるような感覚になる。

この感情になんて名前を付ければいいのかわからないけど、もっと花宮と一緒に青春を過ごしたいと思うこの気持ちダケは間違いないと思う。

それに……。

花宮の抱える悩み……進学やその際の学費のこと。彼女はアオハコに希望を託《たく》していたハズ。でも、もうすべてが後の祭り。

誰もいない教室。机に座ったままひとり天井を見上げる。

「どうすりゃいいんだよ……」

どうすることも出来ない。

――突然、ポケットの中のスマホが鳴動した。

取り出してみるとアオハコからの通知だった。焦《あせ》ってスマホを取り落としそうになりながらアオハコを起動する。

運営よりおしらせ

凪野《なぎの》サマ
花宮サマとのマッチングが解消されてしまいましたが、凪野サマの次のマッチング相手はいまだ決まっておりません。

したがって、しばらくミッションが届かず素晴《すば》らしい青春を送れていないことと思います。

そこで、凪野サマへはこれまで通り青春をお送りいただきたく、新たなミッションを配信することとなりました。

本来ならこのミッションは花宮サマと二人で協力して遂行《すいこう》していただく予定でしたが、新しいマッチング相手が見つからず、青春を送れていない凪野サマをこれ以上お待たせしてはいけないと思い、予定通りミッションを配信することとなりました。

花宮サマとのマッチングが解消される以前に決定していた内容のミッションですが、おひとりでも問題なく達成可能となっている内容の為、そのまま配信いたします。

ミッション　二人の結末は

凪野ユウケイと花宮ハナは八月一日に開催《かいさい》される夏祭りに出かけてください。

そこで、これまで築いてきた二人の関係に答えを出してください。

尚《なお》、このミッションは特殊《とくしゅ》ミッションとなっています。

当日、行動が具体的に指示されます。

それに従っていただければ達成となります。


アオハコのヤツ、勝手なこと言いやがって……。

多分、マッチングが解消される前の俺たちにアオハコがさせたかったことって、夏祭りの夜にデートに出かけ、そこで俺から告白のようなことをさせ、それを花宮が受けるか、それとも受けないか……みたいなそんな感じだったんだろう。《二人の結末は》なんてタイトルだし。確かに、花宮とふたりでそんなことをしたら楽しかったかもしれない。

でも、花宮にはもう俺の誘《さそ》いに付き合う義理はないのだ。

ただ、気のいい花宮のことだ。

多分、頼《たの》めば全てを察して一日くらい付き合ってくれるかもしれない。全てを察して俺がクリアしやすいよう動いてくれるかもしれない。これまでの共同攻略者としての立場ではなく、事情を知ってるいち理解者として。

そんなことをして楽しいのかと考えたとき、これっぽっちも楽しいとは思えなかった。

花宮だって、そんな気持ちで花火を見ても楽しいワケがない。

ましてや自分がテスター権限を剥奪されたアプリをいまだに使ってる相手と、そのクリアの手伝いなんて……。

俺は、スマホの画面に表示されているアオハコのミッション内容をじっと見つめ、やがて、一つの決心をした。

――――もう終わりにしよう。

このミッションを見てあきらめがついた。

残ってるポイントにも、もう興味が持てない。金額に換算《かんさん》すれば決して少なくないポイントが残っているものの、なんていうか……もしいま、これを金に交換《こうかん》してしまったら、花宮と一緒に過ごした青春の時間を金に換《か》えたみたいな……そんな気持ちになりそうだったから。

このミッションを含《ふく》めて、今後届く全てのミッションを無視すれば、俺も花宮のようにポイントが減算されテスター権限を剥奪されるだろう。

それでいい。

少なくとも、もう一度花宮と対等に会話ができるようになるにはそれしかない。

俺はスマホをオフにすると席を立ちあがる。

「凪野、まーだいたんだ」

教室の入り口からふいに女の子の声が聞こえてきた。

「……彩崎《あやさき》か。忘れ物か？　俺ももう帰るよ」

彩崎は俺の方へゆっくり近寄りながら口を開く。

「え、あ、うん。忘れ物……忘れ物……っと、えーなんだったかな……」

そう言いながらも彩崎は、自分の席やロッカーに向かおうとせず、俺の方へゆっくりと歩み寄ってくる。

「忘れ物なんじゃないのか？」

「あー……忘れ物ねー……。えー……っと……なに忘れたか忘れちゃった……えへへ……」

なにやってんだコイツは。

彩崎はバツの悪そうな笑《え》みを浮《う》かべると、後ろ手に頭をかき、俺の顔をもう一度見たかと思うとなにかを思い出したような顔をする。

「あ、そだ。……ねぇ、アンタたち、なんかあったの？」

「たちって誰よ。俺、誰かとコンビ組んでたっけ？」

たちが誰を指すのか、敢《あ》えてわからない振《ふ》りをする。

「ハナに決まってんじゃん。なんか……文化祭終わってから様子がおかしいような気がして……」

「……別に、なんもないよ。…………楽しかったよな、文化祭」

俺はなんとか顔に表情が出ないよう努めながら返す。

「うん……楽しかったね、文化祭。あの時、アンタが手伝ってくれなかったらどうなってたんだろ。きっと、今みたいにあたし、ハナと仲良くなれてないんじゃないかな……」

「よかったじゃん。俺のおかげだ感謝しろよ」

彩崎に軽口を叩《たた》くと、彩崎はそれに真剣《しんけん》な顔で返す。

「マジで感謝してるって……。あの時はマジ目のマジにアリガト」

そう言って軽く頭を下げる彩崎。

つっこめよ、つっこみ待ちだぞ、こっちは。

彩崎は頭を上げると、俺の方を見ながらなんだか言いにくそうに口を開く。

「感謝してるんだって、マジで。だから…………アンタたちになにかあったんなら、その……なんかできないかなって……思って……。ハナに聞いてもなんも言わないしさ……」

俺から目を逸《そ》らしながら言った彩崎は、少し恥《は》ずかしそうだった。

頬《ほお》は少しばかり赤く染まり、視線を下げ、片手でもう片方の腕《うで》を掴《つか》み体を左右に揺《ゆ》らす。

普《ふ》段《だん》は勝ち気で明るい彩崎が、こうして改まって真剣な話をするのが照れくさかったんだろう。普段のキャラと違うことをするって結構勇気が要《い》るもんな……ってことは……忘れ物ってのも言い訳……か。

多分、彩崎は俺と花宮の様子がおかしいことに気が付き、なにか力になりたくてこうしてわざわざ俺のところに来てくれたんだろう。

彩崎の気持ちが素《す》直《なお》に嬉《うれ》しかった。

思えば、以前の俺なら彩崎からこうして話し掛《か》けられることなんてなかっただろう。文化祭の時も、あそこまで懸《けん》命《めい》にはなれなかっただろう。

……文化祭だけじゃない。

花宮とマッチングしてからの日々は、俺にとって紛《まぎ》れもなく青春だったんだ。

そんな花宮はもう……。

なにかできることがあるのならしてやりたい。でも、できない。そして、それは彩崎も同じこと。花宮とのことはアオハコがらみ。彩崎にしてもらえることなどないのだ。

気持ちだけありがたく貰っておこう。

「いや、別になんもないからさ。大丈夫、アリガトな彩崎。ホント、大丈夫だから」

俺がそう言うと、彩崎はふっと短く息をはく。

「はー……。ま、アンタが言わないなら別にいいか。でも、あやしーなー。言えないってことは、おおかたアンタがハナに告白して振られたとかでしょ？」

口を割らない俺を今度は元気づける方向に舵《かじ》を切ったらしい。

いつもの明るい彩崎にもどっていた。からかうような視線を俺に向け、楽しそうに口角を上げる。彩崎の気持ちに俺も乗ってやることにした。

敢えて動揺《どうよう》したように振舞《ふるま》う。

「バ、バーカ、べ、別にそんなんじゃないって！」

右手を顔の前でパタパタ横に振りながら大げさに否定する。

彩崎も、俺の冗談《じょうだん》めかした態度に気付き更《さら》に続ける。

「んー？　動揺してるのがますますあやしーなー……。そっかそっか振られちゃったか凪野ユウケイ、あはは」

両腕《りょううで》を胸の前で組みながら、うんうんうなずいて笑う彩崎。

その姿を見て俺はふっと笑いがもれた。

そういえば文化祭以降、笑ってなかったかもな……。

うんうんうなずいている彩崎は、俺を余所《よそ》に続ける。

「そっかそっかー、でもハナにならフラれてもしゃーない。諦《あきら》めなさい――」

彩崎が俺を元気づけようと、軽口を叩いている途中、握《にぎ》っていたスマホが震《ふる》えた。俺は彩崎の話を聞きながらスマホを見る。アオハコからの通知だ。

「――かわいそうな凪野、失恋《しつれん》の傷が癒《い》えないんだな――」

アオハコを立ち上げ通知を読むと、そこには今更《いまさら》な内容が書かれていた。

報酬《ほうしゅう》追加のお知らせ

ＳＰと交換できる報酬に様々なものを追加しました。

ベータテスターのみなさまはぜひご利用ください。［　報酬　］はコチラ。

今更だ。もうこのポイントは使わないと決めている。

乾《かわ》いた笑いが漏《も》れそうになるのを堪《こら》えながら画面をオフにしようとすると、誤って［　報酬　］はコチラの部分に触《ふ》れてしまいすぐに画面が切り替わる。

「――相手があのハナじゃ分が悪いって。凪野も最初から分かってたっしょ――」

楽しそうに話す彩崎を横目に、新しく追加された報酬が目に入る。そこには、これまでなかった景品が並んでいた。だが、その内容が少し変わっていた。

報酬に追加されたものは、品物ではなく権利だった。

ミッションクリア権　五十万SP。ミッション延長権　十万SP。マッチング相手の行動指示権　七十五万SP。マッチング相手の発言指示権　二十五万SP。中にはミッション難易度の変更権《へんこうけん》や、ミッション内容自体の変更権なんてのもあった。

なるほど……。いままでアオハコがやけにSPを大盤振《おおばんぶ》る舞いして来てると思ってはいたが、こうやってミッションクリアの為《ため》の権利を売り、獲得したSPを消費させようって狙《ねら》いなのか。それでも、もう俺には関係のない話……と、今度こそスマホをオフにしようとした瞬間。新たに追加された権利の中のひとつに目を奪われた。

スマホの画面を凝視したまま大きく息を飲む。

喋《しゃべ》ってる彩崎の声も、いつの間にか俺の耳には届いていない。

「――――まー、凪野かわいそうだし？　どうしてもって言うならあたしが付き合ってあげてもいいけど……なーんて。あはは」

これを使えばもしかして………。いや、これしかない………！

その為には……どうする。俺一人じゃ多分、上手《うま》くいかない……。そうか……コイツに……彩崎に頼めば……！

「って、ちょっとあたしばっかり喋ってない？　あ、もしかして本気にしちゃった？　まーアンタが本気ならあたしも本気で考えてあげても」

俺を元気付けようと明るく振舞う彩崎に近付くと両肩《りょうかた》をがしっと掴み、じっと目を見る。

「なぁ彩崎、俺に付き合ってくれ！」

「…………え？　あ……えええ？　ちょっとなに言って……って、本気？　本気なら……えっと……」

頬を思いっきり赤らめ慌《あわ》てる彩崎。

「うん？　なに言ってんだ？　わるい聞いてなかった。本気ってなにが？　ちょっと俺に付き合って頼まれて欲《ほ》しいことがあるんだ！」

すると、彩崎は取り乱しながら答える。

「バカ！　ちょっと真剣に考えちゃったじゃない……。なんだ、そういうことか……。そっか……。で、なにを付き合えばいいの？」

◆

夏の夜。

学校の近くにある神社前の参道には両側にずらっと夜店が並び、家族連れからカップルまでたくさんの人でごった返していた。

ちょっとした小高い山のふもとにあるこの神社で毎年開かれる夏祭りは、夜店も多く、同じ日に花火大会も開かれるとあって、多くの人でにぎわっていた。

今日は八月一日。アオハコから指定されたミッション決行の当日だ。

俺はクラスの男子数名と一緒に神社の入り口近くで待ち合わせをしていた。人の波は途《と》切《ぎ》れることを知らず、どんどんと神社に向かって吸《す》い込《こ》まれていく。

俺は今日、クラスの連中と祭りに来ていた。男子の中のひとりが神社へやってくる人波の中から誰かを見つけ大きく手を振る。向こうの方から現れたのは、ウチのクラスの女子たちだった。

その中のひとり、彩崎がコチラに向かって声を掛ける。

「ゴメーン、待った？　いやー浴衣《ゆかた》、歩きにくくってさー」

人波から陽気な声で現れた彩崎は浴衣姿だった。彩崎だけではない。女子たちは全員浴衣に身を包んでいた。赤に、青に、紫《むらさき》に。色とりどりの浴衣が並んださまは、まるで、一足先に始まった地上の花火みたいだった。

男子たちは揃《そろ》って歓声を上げる。

そんな花火の中には花宮の姿もあった。淡《あわ》い紫色の朝顔が染めてある浴衣に、手には小さな巾着《きんちゃく》。足元も浴衣とお揃いの下駄《げた》を履いた花宮は夏の風情《ふぜい》を漂《ただよ》わせていた。

揃った俺たちはひとしきりあいさつを交わすと神社の中へと歩いて入っていく。

祭りへ来てる人たちの話し声や夜店の喧騒《けんそう》にまざって、どこからか聞こえる祭囃子《まつりばやし》。真っ暗な夜空と、提灯《ちょうちん》の灯《あか》りで煌々《こうこう》と照らされた参道。

集団の最後尾《さいこうび》にいた俺のところに、花宮がそっと歩みを寄せた。

「……久しぶり……だね。こういうの。アカネに誘われて来てみたんだけど、凪野くんもいたんだ……そっか」

凪野くんという呼び方に、チクリと心に痛みを感じる。

「あぁ……久しぶり、だな」

こんな、会話と言えるかもあやしいような会話を交わしながら、俺の手はポケットの中のスマホを握りしめていた。

俺とあいさつを交わした花宮は、すぐに俺から離《はな》れ、女子たちの中へと入って行った。

俺は今日、アオハコのミッションを遂行しなければいけない。絶対に……。

だから、彩崎に頭を下げこの場をセッティングしてもらったのだ。花宮をこの祭りに誘ってほしい……と。彩崎は最初、訝《いぶか》しんでいたが、俺の真剣な目を見るとはーっと大きなため息をつき、ハナのためになるなら……と最後は快く引き受けてくれた。

俺がなぜ彩崎にそんなことを頼んだのかと言うと、理由は、アオハコから届いた通知だった。定期試験の最終日、俺を心配した彩崎との会話の最中、アオハコに追加された《報酬》の中にこんなものを見付けたからだ。

アオハコ　招待権　200,000　SP
任意の方を一名、アオハコにご招待できます。
十八歳《さい》以下の方であれば使用対象に制限はありません。

制限がない。

つまり、俺がこれを獲得し花宮へ贈《おく》れば彼女《かのじょ》はアオハコに復帰できるハズ。

俺の手持ちSPは約十九万。今のポイントだと交換できない。だが、今までのミッションが終わったときに得られたSPの量を考えると、このミッションを成功させれば招待権まで手が届きそうだった。だから、今日のミッションをクリアして俺のポイントで花宮を復帰させる。

これが俺の目的だった。

花宮の夢のため。それに、もう一度花宮と一緒の時間を過ごしたい俺のため。今日のミッションだけは絶対に成功させなければいけない。

俺が真剣な顔で決意を新たにしていると、不意に彩崎に肩《かた》を叩かれた。

「どうしたの凪野っ！　なんかすげー怖《こわ》い顔してるよっ！」

「ほっとけ、もともとこういう顔だ」

「知ってるって。無駄《むだ》に怖いよねアンタの顔、いつも目が据わってんのよ。それより……」

彩崎は俺の肩をパシッと叩きながら自然な様子でそっと顔を寄せると、俺にだけ聞こえるように小声でささやく。

「……ハナ、連れて来たけどこれでいいの？　あとなんかやることある？」

「わるいな、助かる。けど、今はとりあえず大丈夫《だいじょうぶ》」

それを聞いた彩崎はイタズラっぽい笑顔を作り俺をヒジでつついた。

「今日告白するんだな？　まぁ玉砕《ぎょくさい》するとは思うからフォローは任せろ！」

からかうように笑う彩崎に俺は返す。

「告白はしないけどな……でも、アイツにもっと大事な話があるんだ」

「告白違うの？　まー……よくわからんけど凪野がそう言うんじゃ信じるよ。もう一回だけ聞くけどハナのため……なんだよね？」

俺は彩崎の目をちゃんと見て頷《うなず》く。

「あぁ、それは絶対に間違いない」

彩崎は俺の顔を見ると、ニコッと笑った。

「よし、信じる。じゃ、なんかあったら言ってね。あー！　アッチにリンゴアメ！　食べる人、一緒に買いに行こー！」

彩崎は何人かと連れだってリンゴアメの屋台へとパタパタと跳《は》ねるように駆《か》けて行った。

彩崎、ありがとう。こんな意味のわからないお願いをされても、深く追及せずにいてくれて。そう思っていると、俺の手の中のスマホが震えた。

当日行動指示が届くと書いてあったから、きっとこれだろう。

祭りを楽しむ余裕《よゆう》なんて俺にはない。ミッションに集中するんだ……。

俺は、祭りの客たちの笑顔とは対照的に、真剣な顔でスマホを立ち上げる。そこに書いてあった指示は――

「俺も一緒に食べる」と言ってみんなに付いて行き、リンゴアメを買ってください。

どんな難解な指示が来るかと身構えていた俺は拍子抜《ひょうしぬ》けしてしまった。

……リンゴアメ、買えばいい……のか……？

とりあえずミッションにしたがっとくか……。

「あー……お、おーい、俺も食べるわー」

ぎこちなく言いながら手を振り、夜店の前で楽しそうに騒《さわ》いでる彩崎たちの輪に加わった。

それからしばらく。

俺のスマホに届くミッションはどれも似たような内容だった。

わたあめをみんなで食べてください。

金魚すくいをやってください。

射的をやってください。

そのたびに俺は指示に従っていく。

……と言っても、みんなでお祭りに遊びに来ているワケで。客観的に見ればごく普通の行動だった。

花宮とのマッチングが切れて以来、ずっとモヤモヤしていた。

花宮のこと。アオハコのこと。俺自身のこと。色々なことがごちゃごちゃに頭の中でこんがらがり悩んでばかりいた。

でも、たとえミッションとはいえ、こうしてみんなで遊ぶ時間が今は純粋《じゅんすい》に楽しかった。

何軒《なんけん》かの夜店を回って、花宮もみんなと楽しそうに笑っている。手にはリンゴアメ、髪《かみ》をアップにまとめ、夜になっても引かない夏の暑さと夜店の灯りに照らされて上気した頬。

そんな花宮につい見惚《みと》れてしまう。

ふいに近くから彩崎の声。

「ねえ、今からみんなでコレ、入らない？」

手に焼きそばと綿あめとリンゴアメを持った彩崎が指差したのは、お化け屋敷《やしき》だった。

大きなテントにはおどろおどろしいお化けが描《えが》かれた幕が張られ、受付にはいかにもな白装束《しろしょうぞく》を着た色白の女の人が、黒髪《くろかみ》をだらりとたらして呼び込みをしている。

みんなはきゃーきゃー言いながらも彩崎の提案に賛成しているようだった。

彩崎はにこにこしながら話を進める。

「せっかくだし、二人一組で入らない？　男女ペアね！」

◆

「ゆ……ゆ……ゆうなぎ……く……だ……だいじょ……ぶ……？　なにかいる……？」

「落ち着け、大丈夫だから……。なんもいないし……そこ、足元に段差あるぞ」

「あ……あああありがと……ゴメンネ……わ、わたわたわたし、ほ、ほ、ほんとお化けとか苦手で……」

彩崎が気をまわしてくれたのか、俺は花宮と二人で入ることになった。

入るまではみんなの手前、嫌《いや》な素振《そぶ》りを微塵《みじん》も見せなかった花宮だったが、一歩中に入ったとたん表情が一変した。片方の手に最初の夜店で買った透明《とうめい》のビニールに包まれたリンゴアメを持ち、もう片方の手で俺の服の裾《すそ》をギュッと掴む。

みんなが揃って乗り気になったのに私だけ嫌だって言えなかったんだと、俺の服の裾をぎゅうぎゅうに握りながら言っていた。

『でも……凪野くんには、別に……言ってもいいかな……って……。もう、いろいろ知られちゃってるし……』

服を掴んで離さない花宮と一緒にお化け屋敷の中をゆっくり進んでいく。

薄暗《うすぐら》く、狭《せま》い通路。なんともいえない薄気味《うすきみ》の悪い音楽がかかっている。

「……こ、こここここわくないこわくないこわくない………」

自分に言い聞かせるようにつぶやきながらも、体を震わせおどおどと進む花宮。

「このテント、外から見た限りそんなに大きくなかったし、きっとすぐに終わると思う。だからとっとと進んじゃおうぜ」

俺は努めて明るく言う。

「……………う、うん、そ、そうだよね……！　すぐ終わる……よね！」

花宮も怖さを吹き飛ばそうとなんとか気を取り直し、勇気を振り絞《しぼ》って前を向いた瞬間《しゅんかん》、俺たちの目の前に生首が落ちてきた！

……と、思ったがすぐにちゃちな作りものだとわかった。

ちょっとばかり驚《おどろ》きはしたものの、やっぱ、夜店のお化け屋敷なんてこの程度か。

「あー……ビックリしたな花み……あれ？　どこいった？」

すぐ隣《となり》にいたハズの花宮がいない。

ドコ行ったか探そうとその場できょろきょろすると、足元にしゃがみこんでいた。

「だ……大丈夫か……？　立てるか……？」

「こわくないこわくない……羊が一匹《ぴき》羊が二匹…………羊さんは全然こわくなーい……だいじょーぶー……三匹四匹……」

怖すぎてなんかバグってた。

うずくまり両手で顔を覆《おお》っている花宮を見て、俺はひとつ短く息をはく。

そう声を掛けると花宮はこちらを泣きそうな目で見上げ、コクリと小さな子供のように頷き立ち上がろうと中腰《ちゅうごし》になった時だったんだよな…………ふたつめの生首が落ちてきたのは……。

「……手……繋《つな》いでくか……?」

「きゃああ!」

「うわ! ちょ……そこ掴むと俺まで!」

俺の手を掴みかけた花宮に引っ張られ、狭い通路に転げる。

「あいたたた………ん?」

慌てて立とうとして地面に手を突くと、俺の手になにやら柔《やわ》らかい感触《かんしょく》。

……………いや、手だけじゃなくて体や足にも柔らかい感触が伝わってくる。それに、なんだかじんわり温かいしいい匂《にお》いがするし……と思ったところで俺の体の下から花宮の声。

「ゆ……凪野くん、そ、それ……わ……わたしの……」

「…………え?」

俺の手の中にあったのは地面に倒《たお》れた花宮の胸だった。浴衣の胸元《むなもと》が大きくはだけてる。

二人でもつれあいながら転んだ拍子《ひょうし》に、俺が花宮に馬乗りになってしまったらしい。

転んではだけた花宮の浴衣の脚《あし》の間に俺の脚が入り込み、右手は胸を掴んだまま、目の前数センチの距離《きょり》に花宮の真っ赤な顔があった。

「あああわるい！　い、今どく！　どくから！」

「わ……わかった……！　私こそゴメン……！」

「いいかどくぞ？　どくからな！」

今すぐこの場からどかなくてはいけない。

そう考えたら体に変な風に力が入る。

「う、うん……あ、ちょっと胸……つ、つ、つかんでる……よ……？」

「ゴ、ゴメン！　い、痛かったか……？」

「痛くはないけど……あ、脚……！　そ……そっちに動かしちゃダメ……！　そ、そこは……」

天井《てんじょう》からびよんびよんとぶら下がる出来の悪い生首に見守られながら、俺たちが無事立ち上がれたのはそれからしばらく後のことだった。

「さ……さっきはわるかったな……」

俺がそう言うと花宮も恥ずかしそうに返す。

「ううん……私が引っ張ったのが悪いんだし……こっちこそごめんね……。もうこわくて

こわくて……」

さっきの一件があったからか、花宮は逆に冷静さを取り戻《もど》し、ゆっくりとではあるがお化け屋敷を普通に進めるようになってきた。

「でも……凪野くんがこうしててくれればとりあえず、大丈夫……かな」

花宮はそう言うと俺の手をギュッと握った。

手を繋いでいればなんとか進めるくらいには慣れてきたようで、生首に驚かされた後、俺たちは手を繋ぎながら次々に現れるお化けたちを突破《とっぱ》していった。

「凪野くんはお化け怖くないの？」

「さっきの生首みたいに突然《とつぜん》出て来られるとビックリはするけど、そんなに怖くないかな」

「すごいなー……あ、そだ。それなら他に怖いものってある？」

そう聞いてきたときの花宮は、お化け屋敷の中だというのに楽しそうだった。

俺は正直に答える。

「あー……そうだな………。実は、虫が超苦手《ちようにがて》」

「たしかに、虫ってあんまり美味しそうじゃないもんね」

「そっち方面ならほとんどの人間がそうだろ」

「なんか意外かも。男の子って虫取りとか好きそうなのに」

「いやもう触《さわ》るのも見るのも無理。テレビで虫が出てきただけでチャンネル変えるくらい苦手だ。ちっちゃい頃《ころ》は平気だったんだけどな」

俺が嫌そうな顔で言うと、花宮は楽しそうに笑った。

「そっかー、じゃあ今度凪野くんにおっぱい揉《も》まれたら虫の動画見せよ」

もう一度楽しそうに笑う花宮。

それからしばらく、俺たちはお化けとはなんの関係もない会話を交《か》わした。

花宮は怖さを忘れるためにあえてそんな話をしたのかもしれない。それは、今まで俺たちがアオハコのミッション中に何度も交わしていた、普通の会話だった。文化祭が終わってからこっち、まともに会話もしてなかったし、お祭りに花宮が来てあいさつを交わした時にはぎこちなかった俺たちの関係が、少しは前みたいに戻った気がした。

やがてお化け屋敷も終わり、先に出ていたみんなと合流してお化け屋敷の感想を話していると、近くの空からドン！　と、大きな音が聞こえた。

見上げると、頭の上に大きな大輪の花火が上がっていた。

あたりは一瞬《いっしゅん》の静寂《せいじゃく》の後、大きな歓声《かんせい》に包まれた。

花火大会の開始時刻になったのだ。

隣にいた花宮がぽつりとつぶやく。

「キレイ……」

花火に照らされた横顔に思わず見とれていると、ポケットの中のスマホが震えた。

指示
花宮ハナを見晴らしの良い場所に連れて行き、二人きりで花火を見てください。

◆

祭りがひらかれていた神社は小高い山のふもとにあり、その中腹に見晴らし台がある。

車で行けばほんの五分ほど。歩いて登れるハイキングコースのような道も用意されていて、大人の脚なら十五分もかからないだろう。

そして、俺は今、そのハイキングコースにいる。

真っ暗な道をスマホの照明と、空に打ちあがる花火のあかりだけを頼《たよ》りに歩く。

「……ねぇ……凪野くん……。これって……その…………アレ……だよね？」

後ろから花宮の声。

花宮が言葉にしなかった部分を補足するなら『これってアオハコのミッションだよね？』

ってことになるんだろう。俺が今日、度々《たびたび》スマホを確認《かくにん》してることや、ここに誘うのに少々強引《ごういん》だった俺の様子を見てそう察したんだろう。

既《すで》にテスターではなくなってしまった花宮は、俺の禁止事項《じこう》に引っかからないよう気を付けて言葉を選んでくれている。

「………まぁ……な。でも俺……花宮と一緒《いっしょ》に花火、見たいから……」

花宮はしばらく考えると静かに、そっか、とだけつぶやいた。

さっきの指示が届いた時、彩崎に言って二人きりにしてもらえるよう頼んだのだ。

彩崎はやっぱり俺の目が真剣なことを確認すると、みんなにこう言った。

『みんなー、凪野がお化けが怖くて吐《は》きそうだからハナがついててあげるってさ。後で合流するからあたしたちは先に行ってよー』

みんなを半ば強引に先に進めつつ、一瞬だけ振り返ると俺にパチリとウインクをした。

空の上では、ドン！　と大きな音がさっきから鳴り響《ひび》いてる。花火大会の開催時間は一時間半くらいだと事前に調べてたから、まだ時間に余裕がある。

そう思い、暗い夜道を慎重《しんちょう》に歩いていると、ふいに後ろからついて来ていた花宮が声を上げた。

「あ……！　イタッ………！」

振り向くと、花宮が足首を押さえている。

「どうした？」

「足首、捻《ひね》っちゃったみたいで……でも大丈夫、歩け……る……あいたた………」

花宮の顔が苦痛にゆがむ。

「……ごめんね、凪野くん。足くじいちゃったみたい……。これ以上登るのちょっと無理みたい……。ゆっくりなら歩けそうだから、降りよっか」

俺は花宮の言葉を無視して、背を向けながらしゃがむ。

「……ほら、乗っていいから」

おんぶして登ろうと言う俺に、花宮は慌てて返す。

「い、いいよいいよ。そんな悪いし、私結構重いし！　だから、ね？　降りよ？」

花宮はこう言っている。でも、ここで引き下がるワケには行かない。

「いいから。さっきは俺が花宮に乗っかっちゃったから、お返しに今度は花宮が乗っていいぞ」

そう言うと、花宮はプッと吹《ふ》き出した。

「凪野くんていま……その、アレの最中なんでしょ……？　ってことは、それってお返しになるの？」

「な、ならないか……？」

しゃがんだまま俺がドギマギしていると、花宮はもう一度吹き出した。

「あはは、しょーがないなー。それじゃーなるってことにしとこっか。私も花火、見たかったし……。でも、ほんとにいいの？」

「あぁ……俺、どうしても花宮と行きたいから」

自然とこんな言葉が俺の口から出てきた。

確かにこれはアオハコから提示されたミッションだ。だけど、それだけじゃない。花宮と二人で花火が見たいという気持ちも確かにある。

花宮はそっと俺の肩に手を掛けた。

「……それじゃ、お言葉に甘《あま》えて……。でも、重かったらすぐに降ろしてね」

花宮は俺の肩に手を掛け体をゆっくりと密着させると、背中に体を預けてくれた。

暗い夜道。虫の声と、空から響く花火の音。背中にあたたかくて柔らかな感触。首筋に花宮の吐息《といき》がかかる。夏の風に揺れた黒くて長い髪から、甘い花宮の香り。

足元は暗いし、時々ゴツゴツした石がむき出しになっていて気を抜《ぬ》くと転びそうになるのを慎重に足を運ぶ。

「……大丈夫？　休んでもいいよ？」

「あぁ……大丈夫……。それより、ちゃんと捉《つか》まってろよ」

「…………うん、わかった。そう言えば凪野くん、いつかもおんなじこと言ってたね」

花宮はそう言うと、俺の首元に頭を乗せるように頬をくっつけた。

自分で『重いよ』と言っていた花宮は全然重くなく、むしろ女の子ってこんなに軽いのかと思うような体重しかなかったけど、それでも人間一人を背負って上り坂を歩いていると息が上がってくる。

大丈夫とは言ったものの、俺の脚には限界が近づいていた。

力を振り絞って山道を登っていくと《見晴らし台まであと五〇〇m》という看板が見えてほっとする。と、同時にポケットの中のスマホが震えた。

こんな時になんだ。

俺は花宮を背負ったまま片手でスマホを見るとアオハコからだった。

指示
靴《くつ》が壊《こわ》れました。ここからは裸足《はだし》で登ってください。

……こんな指示まで出んのかよ。

上がった息。はあはあと喉《のど》の奥《おく》が痛い。脚は震え、腕の感覚も徐々《じょじょ》になくなってきている。そんな時に靴なんて脱《ぬ》がすな。でも、ここで従わないワケにはいかない。あと少しで見晴らし台だ。きっとアオハコが俺に用意した最後の困難的なヤツなんだろう。

「わるい。俺の靴、壊れたからここに脱いでく」

花宮はもうなにも言わなかった。

多分、全てを察して、それでも俺が諦めないことになにを言ってもしょうがないと思ってるんだろう。

花宮を背負ったまま靴を脱ぎ、指示にあった通り《裸足》になるために靴下《くつした》も脱ぐと再び足を進める。むき出しの足の裏に伝わってくる土の感触。時折出くわすとがった石が足の裏をいじめる。二人分の重さが足の裏にかかり、叫《さけ》び声をあげそうになるのを堪《こら》え、残り五〇〇mをどうにか登りきったその時……………パッと視界が開けた。

小高い山の中腹にあるこの街を一望できる見晴らし台。

目の前に真っ暗な夏の夜空が広がり、そこに大きな花火がいくつも打ち上がっていた。

俺と花宮は同時に息を漏らす。

花火大会が終わるまでまだ一時間ほどある。あとはこれで次の指示を待つだけだ。俺は花宮を背負ったまま見晴らし台の先端《せんたん》へと進む。

先の方には落下防止用の手すりがあり、そこへ足を震わせながら近づいていく。

「凪野くん……その足……血、出てる……」

下を見ると、石で傷つけられた俺の足から何本かの赤い筋が垂れていた。

「あぁ……？」

「あー……石で切ったかな……大丈夫、もうすぐ終わるから」

花宮は言葉を返さず、代わりに俺の背中にギュッとしがみついた。

見晴らし台の一番前。手すりの所に着くとそっと背中の花宮を下ろす。

俺たちはそのまましばらく花火に見入った。

夏の夜空に花火が打ち上がり、消え、次の花火が上がる。

十発。二十発。

いつまでたっても次の指示はスマホに届かない。

じっと花火を見る花宮の隣で俺は待った。だが……。

おかしい。いままでなら、アオハコからの指示や通知はかなりジャストなタイミングで届いていた。だが、なにも届かない。

三十発。四十発。

花火がいくら夜空を彩《いろど》っても、俺のスマホにはアオハコからの通知は届かなかった。

なにかが間違《まちが》ってるのか……？

スマホを立ち上げ指示の内容をもう一度確認する。

花宮ハナを見晴らしの良い場所に連れて行き、二人きりで花火を見てください。

この場所は空がよく見えるし、ここには俺と花宮しかいない。

いったいなにがいけない……………まさか――

俺は慌てて周囲を確認する。

そして見つけた。向こうの暗がりに一組。あっちの手すりの所に一組。何組かのカップルがこの見晴らし台から花火を見ていたのだ。

もしかして……。

《二人きりで》

この部分が引っかかってる？　それとも、場所を間違ったか？

そうこうしている間にも花火が上がり、消えていく。もしこの場所が間違ってるんだとしたら、早く移動しなくちゃいけない。でも……今から俺と花宮が行くことができて、二人きりになれて、見晴らしがいい。そんな場所なんてあるのか？

今からここにいるカップルに一組ずつ頼《たの》み込んでここから離れてもらう？

いや、そんなことをする権利なんて俺にはないし、仮にやったとしても花宮が嫌がるはず。それなら、今からこの指示をクリアする方法は…………。今からすぐに行けて、俺たちが二人きりになれる見晴らしの良い場所…………。

しばらく考えたが、そんな場所は思《おも》い浮《う》かばなかった。

疲《つか》れ切った脚は震え、裸足の足の裏にはさっき石で切った痛みがじんわり広がっている。ただ呆然《ぼうぜん》と花火を見ながら、俺の口からついこんな言葉が漏れた。

「…………終わった」

俺がぽつりとつぶやくと、花宮が首を傾《かし》げる。

「……凪野……くん……？」

俺の方を向く花宮の頬《ほお》が花火に照らされて色とりどりに染まる。花宮は疑問と不安が入り混じった顔で俺の方を見ていた。

花宮からすれば、俺がここまで半ば強引に連れてきたのはアオハコ絡《がら》みなことには気付いてるだろうが、いったいなにをしようとしてなにが終わったのか分からないんだから。

それでも、ミッションを無事クリアして花宮をアオハコに招待することが出来れば全部わかってもらえる。そう思っての行動だったけど、それもどうやらダメそうだ。

結局、俺が振《ふ》り回したダケか……。

俺はどこで間違えたんだろう……。

心に喪失感《そうしつ》が広がる中、俺はせめて今日のことを謝《あやま》ろうと口を開く。

「……わるいな、花宮。無理やりこんなところまで連れてきて……。背負ってまでとか、ちょっと強引すぎたよな」

花宮は静かに首を振った。

「…………ううん。凪野くんとこうして久しぶりに話ができて楽しかったし……」

花宮はそう言うと、遠くの空で上がる花火へと視線を移す。

「私の方こそ……アレ以来、前みたいに話せなくってごめんね。ずっと話したいなって思ってたんだ……。でも、なにを話せばいいかわからなくって……。そんなこと気にせず普《ふ》通《つう》に話しかけてもいいんだ……って、頭ではわかっててもできなくって。時間が経《た》てば経つほどどうしていいかわからなくなって……」

申し訳なさそうにしてる花宮に返す。

「それ……俺も。前みたいに話したい。でも、どうすればいいかわからなかった」

俺の言葉に花宮はほっとしたように微笑《ほほえ》んだ。

「……そっか、凪野くんもだったんだ。そうだよね……私たち、青春の練習中……だもんね」

遠くの空で上がった花火の音が腹に響く。

花宮も俺と同じことを考えていたことに心の奥が少しだけ温かくなったような感覚を覚えていると花宮が続ける。

「凪野くんと話さなくなってから、私、気付いたんだ。学校の屋上で凪野くんとマッチングして、二人でミッションに取り組んだ時間は、今思えば、とっても楽しかったんだな……って……。最初は将来のためだったけど、それだけじゃない。私にとって大切な時間だったって気付いた。でも、もうそれができるのは凪野くんだけになって……それに、その様子だと凪野くんもダメだった……のかな……。なんていえばいいかわからないけど……うん……おつかれさま」

花宮は優《やさ》しく微笑むと、俺の目を見て寂《さび》しそうに笑った。

ここまで頑張《がんば》って登ってきて、それでも、最後の最後でなにかを間違えてしまったんだろう。俺の力では花宮を取り戻すことができなかった。

アオハコが俺にくれた最後の青春は、どうしようもない無力感だった。

花宮が今言った通り、学校の屋上から全部始まった。あそこで花宮とマッチングして、そこから俺たちの青春が始まって……学校の……屋上……………？

「────屋上⁉」

俺の叫び声に花宮がビクッと反応する。

「ど、どうしたの？　急に」

心配そうに俺の顔を眺《なが》める花宮を横目に俺は思考を進める。

おそらくこれが最後のチャンス。しっかり考えろ、俺。

アオハコから指示が届いた時、ここに来れば二人っきりになれると思いこの見晴らし台まで来た。神社でひらかれる祭りに行くってミッションだし、丁度良さそうな見晴らし台があったから場所についてはあまり疑問を感じなかった。

だが、いくら待っても次の指示が届かない以上、アオハコが想定していた場所はここじゃなかったんだろう。これまで、アオハコからの指示はいつだってジャストなタイミングで届いていた。次の指示が届かないのは二人きりになれないことが原因だと思った。

だが、果たしてそうだろうか。

二人きりになれる場所ならどこでもよいとアオハコは想定していたのだろうか。アオハコが今まで俺たちにさせてきたことはなんだ……。

この気付きを逃《のが》さないよう、口に手をあて更《さら》に思考を進める。

アオハコはいつだって俺たちに青春っぽいことをやらせてきた。

ベタな出会い。様々なシーン。文化祭で頑張るためにクラスを団結させたりもそうだ。

アオハコの指示に従うと、まるで物語のワンシーンのような青春っぽい展開になった。

それなら、いま俺たちはどこで花火を見るのが一番青春っぽいのか。

もしこれが――――これが、俺と花宮が主演のベッタベタな青春映画のワンシーンだとして、二人で花火を見るのにここみたいな単なるデートスポットはふさわしいだろうか。

不適切とまでは言わないが、イマイチ盛り上がりに欠ける。それなら、俺たちにふさわしいのは――――夏祭りの夜、学校の屋上。俺たちが出会った場所に忍《しの》び込《こ》み二人っきりで見る花火。

それは、この上なく青春の一ページのように思えた。

いかにもアオハコが求めてきそうな、ベタで青臭《あおくさ》いシチュエーション。

アオハコの性格……って表現もおかしいが、アオハコ好みの場所は、俺たちが出会った学校の屋上をおいて他にはないように思えた。

……とすると、さっきの指示《靴を脱ぐ》ってヤツ。見晴らし台に到着《とうちゃく》するすぐ手前で出てきた指示だったが、アレは俺に最後の困難だと思わせ、その上でいったん失敗だと思わせる効果を狙《ねら》ってたんじゃないか？　あのタイミングでの指示だったから、そろそろ最後だと勝手に思い込んでしまったワケで。最後にしては、花火が終わるまでまだしばらく時間がある。

このことに気が付いた時、アオハコに腹が立つと同時に心にほんのわずかな希望が宿る。

仮に靴を脱ぐ指示が俺を錯覚《さっかく》させる役割だったとすると、この失敗はアオハコの想定内ということになる。つまり、俺のここまでの行動は、アオハコが想定する状況《じょうきょう》から大きく外れていないのだ。

スマホの時計を見ると花火大会が終わるまであと四十五分。今からこの山道を駆け下りて祭りの人波を抜け、全力で走れば学校まではギリギリ間に合う距離……。

もちろん、今俺が考えたことは全部推測だ。学校の屋上に行ったところでダメなのかもしれない。都合よく校舎のカギがあいてるとも限らない。

それでも、俺は思い出していた。あの三月三十一日。夜中にアオハコから想像させられたシーン。青春のすべてが詰《つ》まった箱の中からとりだしたもの。

［無色で透明のなにも書かれていない小さな玉］

このままここにいてはどの道失敗なのだ。ここであがかなければ、あの玉はずっと無色透明のまま、ただそこにあるダケなんじゃねーかな……。熱くも冷たくもならず、輝《かがや》きも汚《よご》れもせずにただずっと。

あの玉に色をつけたい、できれば花宮と一緒に。

黙《だま》って考えていた俺の隣。不安そうに俺の顔を覗《のぞ》きこんでいた花宮の方を向く。

「なぁ花宮……ここまで連れてきた後でわるいんだけど、場所、移していいか？」

「……ドコ行くの？」

俺は今言えるギリギリのラインを選んで言葉にする。

「学校の屋上……多分だけど、正解はソッチだったらしい」

俺の提案を花宮はしばらく考えていたが、俺の足元に視線を移す。

「……でも凪野くん、その足……。私もまだ足、痛いし……」

「俺の足は大丈夫。花宮のことなら俺がおぶってくから」

俺の足にはさっきの山道でついた傷が生々しく残っている。花宮は少しだけ悲しそうな顔をした後、優しく微笑んだ。

「もうやめよ……？　そこまで一生懸命《いっしょうけんめい》にならなくても、凪野くんなら、きっと自分の力だけでも青春できるって……」

花宮は俺が自分のためにミッションクリアに躍起《やっき》になってると思ってるんだろう。

今すぐ全てを説明したい。

俺がこんなに懸命《けんめい》なのは、自分自身のためもあるけど、花宮をアオハコに復帰させるためなんだ、と。でも、そんなことをしてしまってはすべてが水の泡《あわ》になる。

全てをぶちまけきちんと説明したい気持ちを抑え、真剣《しんけん》に花宮の目を見る。

「なぁ花宮……いま俺は花宮を説得できるような言葉を持ってない。説明できないの、ホントわるい。だけど、少しの間でいい……この花火が終わるまでは、俺のことを信じて欲《ほ》しい……俺の言うことに黙って従って欲しいんだ。それが多分俺の……俺たちの青春だから」

花宮は俺の顔をしばらく見ていたが、やがてふっと短く息を吐くと、諦《あきら》めたような顔でうなずいた。

「ん……わかった……。花火が終わるまでは凪野くんのこと信じる。でも、無理しないでね……？」

心配そうな声の花宮に背中を向けると、もう一度背中に乗るように言い急いでその場から駆け出した。

すでに限界だと思っていた足をもういちど無理やり動かしさっき来た道を戻る。

少し行くとさっき脱ぎ捨てた靴が転がっていた。

一瞬迷ったが、指示には靴が壊れたと書いてあった。このミッションが終わるまでは履《は》かないでいた方が確実だろう。なにより考えている時間が惜《お》しい。

裸足のまま必死に山道を降りる。

途中《とちゅう》、何度も転びそうになったが、慎重に、でも急いで。今度は誰《だれ》も傷つけないように。最初の内は足の裏に痛みが走っていたが、今はもうなにも感じない。息は上がり、脚が千切れそうになる。体中が悲鳴をあげていた。

山道を駆《か》け下り、祭りの人波をかき分け、そのままの勢いで学校までの道のりを急ぐためアスファルトを蹴《け》った。

——そして

花火大会が終わる十分前。

ドコをどう走ったか全く記憶《きおく》にないが、俺たちはついに学校の前にたどり着いた。

「…………ハァ……ハァ……」

喉の奥に激痛。脚も腕《うで》も既に感覚なんて吹き飛んでいた。

職員室には電気がついている……ってことは、まだ学校の鍵《かぎ》は閉まっていないはず。俺はそっと職員用の通用口に近付くとノブに手を掛《か》ける。

開いてる。

音が出ないようそっとドアを開き、体を中に滑《すべ》り込ませる。

夜の学校。職員室の方からは小さく、先生たちの話す声が聞こえてくる。

あとは階段を上って――

そう思った矢先、体がぐらりと傾《かたむ》く。脚に力が入らない。

必死に考えないようにしていたが、俺の体に遂《つい》に限界がきたのだ。花宮を背負って山道を駆け下り、人でごった返す参道を抜け、学校まで走ってきたんだから無理もない。けど、あと少しなんだ……。

「凪野くん……私、もう歩けるから。もう本当に大丈夫《だいじょうぶ》だから……」

花宮はそう言うと、俺の背中からそっと降りた。

「い……いや……足首、痛いだろ？　俺、まだいけるか……ら……ゲホゲホッ！」

いけるからと言おうとした喉から、大きな咳《せき》がふき出した。

ヤバイ。

職員室から、あれ？　誰かいるのか？　という声と共にガラガラと扉《とびら》の開く音が聞こえてきて、俺と花宮はサッと近くにあった階段の陰《かげ》へ身を隠《かく》した。

「凪野くん……私、もう大丈夫だから。ここからは二人で行きたいから……」

「あ……あぁ……」

そう言って俺の目を見る花宮のあまりの真剣さになにも言えず、俺はコクリと頷《うなず》き、階段に足を掛ける。

二人で階段を上る俺たちは、自然と手を繋いでいた。

二階、三階、そして屋上へ続くドアへと手を掛けた。

幸運なことにここの鍵も締《し》められてはいなかった。

無機質な学校の屋上と、頭上に広がる夏の夜空。

遠くの空に花開く大輪の花火。

街の灯《あか》りが眼下にきらめき、花火の灯りが街を照らす。

空にパッと花火が咲《さ》き、少し遅《おく》れて腹の底に響くドン……という音。

スマホで時間を確認すると、花火大会の終了《しゅうりょう》時刻までまだ五分ある。

なんとか間に合った……と、安堵《あんど》の息をもらした瞬間、スマホにアオハコからの通知が届いた。やはり、場所はここであっていたらしい。だが、安心したのも束《つか》の間《ま》。アオハコは喜ぶ隙《すき》を与《あた》えてはくれなかった。

通知を見て目を疑う。


無事に到着した二人。

凪野ユウケイは花火が終わるまでに花宮ハナにキスをしてください。

これで全てのミッションが終了となります。

キスだって？　俺が花宮に？

スマホを見る俺を、心配そうな目で見てる花宮。

俺が花宮にキスをすれば終了……。

きっと、キスをしたその瞬間に通知が来て、達成ポイントを獲得《かくとく》できる。そうすれば招待権を手に入れられるだろう。招待権を花宮に贈《おく》り、花宮はアオハコに復帰する。花宮はまたアオハコのミッションに挑《いど》み、ＳＰを貯《た》めれば将来の夢へとつながる。そして、俺もまた花宮とマッチング出来れば、あの日々の続きが待っているかもしれない。

花宮とキスさえすれば………。

――――でも、そんなコトしてしまって本当にいいんだろうか。

俺は花宮と付き合ってるワケじゃない。アオハコによってマッチングされたただの青春相手……いや、元青春相手ってだけだ。

恋人同士《こいびと》みたいなことは散々させられたが全て花宮の同意があったし、くだらない台本を演じたり、自転車に二人乗りしたりすることとキスとは、話が全然違《ちが》うだろ。

いくら花宮の夢のためとはいえそこまでしてしまっていいんだろうか……。

《アオハコはあなたに正しい青春を提供します》

俺は今まで正しい青春の送り方が知りたくてアオハコを使ってきた。だけど、これは本当に正しい青春なのか？　このままアオハコの言いなりになって花宮とキスをすることが、俺にとって……それに、花宮にとって正しい青春なのか……？

スマホの時計を見ると、あと四分。

向こうの空には最後を飾《かざ》るように大きな花火が連続して上がっている。

あの花火が全て上がり、そして、空から消えたら、俺たちはもう……。

俺は、青春について、花宮について、アオハコについて……必死に考えた。俺の送りたかった正しい青春っていったい……。

気が付くと、手の中のスマホを握《にぎ》りしめていた。花宮が心配そうに俺の様子をうかがっている。

ミッションの言う通りキスをするか……いや、俺には――――

連続する花火の音の中、俺は考え、そして決めた。

――こんなの、俺の思う正しい青春じゃない。

俺にはコレが……ミッションの成功条件自体が正しい青春とは思えなかった。だから、出来ない。このミッションは、俺にはできない。

この瞬間《しゅんかん》……俺は、ミッションの失敗を悟《さと》った。

スマホを握りしめていた手の力がふっと緩《ゆる》み、自然とこんな言葉が漏《も》れる。

「わるい、花宮……。散々連れ回して、信じて欲しいなんて言ってここまで来てもらったのに、俺……失敗したみたいだ」

花宮にはなんのことだかわからないよな。

あと数分で俺もポイントを減算されテスターじゃなくなる。そしたら、今日のことを全部説明して、それからキチンと謝ろう。

「なんとかここまでは来られたんだけどな……最後の最後で、俺にはできないヤツが届いたんだ」

アオハコに振り回された青春もこれで終わりか……。そう思うと、口から言葉が溢《あふ》れてくる。

「あのさ……花宮の弁当、すげーうまかったよ。同じ傘《かさ》で帰るの、ドキドキした。自転車の風、気持ちよかった」

遠くの空で上がる花火が花宮の頬をほのかに照らす。

「プールでは花宮と彩崎から水かけられておどろいた。カフェで緊張《きんちょう》してた花宮、かわいかった。文化祭、楽しかったよな。……俺、もう一度花宮と青春したかった。花宮の夢の手伝いもしたかった。青春なんて透明《とうめい》な膜《まく》の向こう側って言ってたけど……花宮だって……花宮ハナだって青春してもいいだろ……！　そう思った」

「凪野くん……？　なに……言って………」

突然始まった俺の独白に戸惑《とまど》う花宮。俺は戸惑う花宮を無視して続ける。

「正しい青春が送りたいって思って……それに、花宮だって……花宮ハナだって青春していいだろ……教室でもっと素直《すなお》に笑ったっていいだろ……。そう思ってここまで来たんだ……。でも、わるい。最後の最後でできないわ。こんなの、俺の思う正しい青春じゃねーよ。…………だから、出来ないんだ」

俺の言葉を聞いていた花宮の目は、最初は困惑《こんわく》していたが、やがて何かを察し視線を落とした後、目を上げたときにはその目は優しく微笑んでいた。優しくて、それでいてどこか寂しそうに笑う花宮。

優しく微笑む花宮に俺は続ける。

「…………だから、青春とか、進学とか、俺にできることなんてたかがしれてるかもしれないけど、俺も手伝うから…………だからさ、なんか別の方法考えようぜ」

俺がそう言うと花宮は口元をゆるませた。

「そう言えばソレ……別の方法考えようって、出会った時にも言ってたよね。やっぱり、こんな時まで凪野くんらしいや。ありがとう……そう言ってくれて。最後の最後まで気を遣ってくれて………。私もね……」

花宮はそこでいったん言葉を止めると、俺の目を真《ま》っ直《す》ぐに見ながら口を開く。

「……私も、凪野くんに出会えてよかった。マッチングしたのが凪野くんでよかった……。ほんの数か月だったけど、久しぶりに……ううん、きっと初めて、心の底から笑ったり、ドキドキしたりしてたんだ。自分の役割を考えずに、ただの花宮ハナでいられた気がする。この数か月は私にとって初めての……青春……だったんだと思う……」

花宮の優しげな瞳《ひとみ》はずっと俺を捉《とら》えている。

「クラスのまとめ役としての私じゃなくて、むき出しの花宮ハナでいるのって、すごく心が軽くて、楽しくって……それに、楽しいだけじゃなかった。クラスのみんなに脚本《きゃくほん》読んでもらうときとか、すごく怖《こわ》かった。怖くて、不安で、逃《に》げだしたくて……。今まで見せてなかった私をクラスのみんなに知られるの……怖かった。でも、凪野くん、隣《となり》にいてくれたよね……。あの時、クラスのみんなに脚本を配ったとき、不安で不安で仕方のない私の目を見て、頷いてくれた。アレで勇気が出たんだ。もし、本当の花宮ハナが受け入れてもらえなくっても、そうやって今みたいに……なにか別の方法でフォローしてくれるって思えたから……だから私、がんばれた……」

花宮がそんなふうに思ってくれてたことに、心の奥がじんわりと温かくなるのを感じる。

「ありがとう、凪野くん。おかげで私、青春できたよ……。凪野くんのおかげ……。だから……」

この時……俺は、花宮の言葉を、別れの言葉のように聞いていた。今花宮が口にしているのは、確かに青春だったこの数か月への別れの言葉のようなものだと思っていた……彼《か》女《じょ》の、次のセリフを聞くまでは。

花宮は深く息を吸《す》い込むと、なにかを決心したように小さく頷き、胸に手を当て続ける。

「今だってね……こんなに青春してる……って思ってる……。こ……こんなに……ドキドキ……してるんだ………。だ……だから、今度は私の番……だよね」

震《ふる》える手で浴衣《ゆかた》の胸元《むなもと》をギュッと掴《つか》むと、恥《は》ずかしそうに顔を伏《ふ》せた。

頬を真っ赤に染め、視線をさまよわせ、たどたどしく話す花宮がなにを言ってるのかわからなかった。

「私の番？　花宮……なにを……」

「……な……凪野くんはさっき、できないって言ったけど……」

顔を真っ赤にしたまま両手で浴衣をギュッと掴むと、絞《しぼ》り出すようにか細い声で言う。

「……わ……私なら……大丈夫だから……。心の準備……できてるから……」

俺の目の前。花宮は伏せていた顔をゆっくりと上げる。不安と緊張とが入り混じるうるんだ瞳で俺と一瞬《いっしゅん》だけ視線を合わせ…………目を閉じた。

な……んで花宮、目を……閉じ――

俺の思考が追い付かないうちに、花宮は目をつぶったままほんの少しあごを上に向けると、微《かす》かに唇《くちびる》を突《つ》き出すように動かす。

固くつぶった瞳。紅潮した頬に伝う汗《あせ》。少しだけ着崩《きくず》れた浴衣をギュッと掴む小さな手。

「は……花宮…………？　いや、ちょっとまて……それって――」

うろたえる俺に花宮は更に頬を染め、目を閉じたまま返す。

「…………いいよ。私は大丈夫だから」

声が、震えてる。

いままで恋人などいたことのない俺でも流石《さすが》に分かる……花宮が俺にキスをせがんでいる…………でも、なぜ――

確かに、俺には花宮にキスをするというミッションが課せられている。それを正しくないと感じ、ミッションの失敗を覚悟《かくご》した。それで仕方ないと思った。

だが、逆に花宮の方から俺にキスをせがんでいる。なにかがおかしい…………。まさか、俺に与えられたミッションとは全く無関係に、状況に絆《ほだ》された花宮が偶然《ぐうぜん》にもミッション達成条件であるキスをしたくなったとでもいうのか……？

　花宮、アオハコ、ミッション、花火……いくつもの事柄《ことがら》が頭の中でぐるぐるとまわり、俺はふと、さっきの花宮の言葉におかしな点があったことに気付いた。

『最後の最後まで気を遣ってくれて』

　この言葉……花宮はいったい、なにに対して気を遣ってると判断したのだろうか。

　俺が今日、アオハコに振り回され結局失敗したであろうことは、花宮もなんとなく察してるはず。だけど、なにが失敗したのか、なにができなかったのか、花宮はわからないのだ。それなのに、俺が『出来ない』と言ったなにかに対して、花宮は『気を遣ってくれて』と言った。

　花宮は、俺のミッションを知っている……？

　頭の中でこんがらがる思考を遮《さえぎ》るように、花宮がまた震える声で呟《つぶや》く。

「は……早くしてほしいな……。待ってるの恥ずかしいんだから……ユウ」

　まただ。やっぱりなにかがおかしい。その呼び方、花宮がミッションとして課せられていたもの。テスター権限を剥奪《はくだつ》されて以降、俺のことを名前で呼んだことはただの一度もなかったのに。

　花火大会の最後を飾るような特大の花火が何発も連続して打ち上がり、遠くの空が色とりどりに照らされている。

時間は残りわずか………だけど、ゼロじゃない。

俺は頭をフル回転させる。

俺がなにをしようとしてなにができなかったのかを、花宮は知ってるんじゃないか？

だが、花宮はアオハコのテスター権限を剥奪されている。文化祭が終わって以降、花宮とまともな会話を交《か》わしていないから、俺がうっかり話してしまったり、花宮が俺のスマホを勝手に見て知っているなんてことは考えられない。

花宮は俺が今なにをしてるかを知りえない……なのに、知ってるような素振《そぶ》り……。それはなぜか。

頭の中に一つの可能性がよぎり、細い糸を手繰《たぐ》り寄せるように記憶を辿《たど》る。ここに至るまで、さっきの花宮の発言以外に、なにかおかしな点はなかったか思い出を遡《さかのぼ》る。思考は加速し、これまでの出来事が一瞬にして頭の中を駆け巡《めぐ》り……そして見付けた。もう一つの違和感《いわかん》。

……思えば、文化祭ミッションの達成条件。アレがそもそもおかしくはなかったか？

俺や花宮、それに彩崎たちクラスのみんな、賞が獲《と》れなかったことを失敗だと思ってるヤツはいない。青春を送らせようとするアオハコが、達成条件に賞の獲得を設定するだろうか。青春ってのはもっとこう……別の部分にあるんじゃないか？

それに、出会いミッションにしても距離《きょり》ミッションにしても、達成条件こそ判明してないがいずれも俺と花宮、二人の間で完結していた。賞の獲得を達成条件にしてしまっては、二人がどんなに頑張っても達成できないことなんていくらでもある。クラスをまとめて……ってのはまだしも、賞に関しては他クラスや他学年の出来次第《しだい》で結果は変わる。そんな、俺たち二人の行動外の部分、不確定要素の割合が多いものを達成条件に設定するだろうか……。

そこまで考えたとき、頭の中にひとつの考えが浮かぶ。

文化祭ミッションは本当に失敗だったのか？

そもそもあの時、文化祭終わりに花宮に届いたアオハコからのメッセージを、自分の目で見たワケじゃない。自分に届いたメッセージは読んだが、花宮からは聞いただけだ。

違和感のあった花宮の発言に、文化祭ミッションの達成条件。

これらの状況が俺に告げている可能性………それは。

――花宮はまだアオハコのベータテスターである。

まだ可能性でしかないが、そう考えればさっきの花宮の発言もうなずける。

花宮はおそらく、俺が今日なにをしようとしていたのかを知っている。知っていて知らない振りをしているのだ。だからこそ、あの『気を遣ってくれて』という発言がぽろっと出てしまった。

なかなかキスをしようとしない俺に気付かせようと、俺を《ユウ》と名前で呼んだ。こっちの方はわざとだろう。

おそらく……文化祭が終わった時、花宮のスマホには俺に届いたモノとは違うメッセージが届いていた。その上で、俺にあたかも自分が脱落《だつらく》したようにふるまってきた。なぜなら、それ自体がアオハコからの指示だからだ。

この数週間、花宮は本当の事が話せず苦しかっただろう。今日だって、俺がなにをしようとしてるのか知らない振りをする事だって心苦しかったはずだ。

花宮の気持ちを考えると、アオハコに対し怒《いか》りがふつふつとわき上がる。

正しい青春を提供すると言っておきながら、花宮に嘘《うそ》をつかせたり、ミッションだといってキスさせようとしたり……そんなの、俺が思う正しい青春じゃない。何が正しいかなんてわからないけど、こんなの間違ってんだろと心が言っている。

……だが、これは全部俺の推測でしかない。仮にこの推測が全て正しかったとして、今の俺に何ができるというのだろう。

現状、俺がとれる選択肢《せんたくし》はふたつ。

ひとつは、このままアオハコに流されて花宮にキスをするという選択《せんたく》。ああして花宮が受け入れている以上、キスすることは可能だ。そうすればこのミッションは達成となり、俺たちはまたこれまで通りの日々が続く。花宮も夢をあきらめなくて済む。

もうひとつは、アオハコの指示に従わずキスをしない選択。その場合、当然ミッションは失敗となりポイントは減算され、おそらく今度こそ俺も花宮もテスター権限が剥奪される可能性が高い。

さっき俺は一度、こっちの選択肢を選んだ……いや、消去法的に選ばされた。キスをするのが正しい選択とは思えなかったからだ。だけど本当は、どちらも選びたくない。怪《あや》しいアプリに従うのも、従わず花宮の夢をあきらめさせるのも、どっちも俺が送りたいと願い、頭を悩《なや》ませた正しい青春じゃない………なら、正しい青春ってなんだ。

さっき、自分が花宮に言ったことを思い出す。

『なんか別の方法考えようぜ』

遠くで上がる花火と目の前でじっと体を震わせる花宮を前に俺は考え、そして、ひとつの案を思いつく。だが、それにはさっき考えた推測がすべて合っていなくてはならない。

直接花宮に確認《かくにん》するか……？　いや、悠長《ゆうちょう》に話してる時間はないし、花宮だって本当のことを言えるわけがない。ならどうやって確かめる……。一番最初、俺たちがマッチングした時みたいに、探《さぐ》り合うような会話などしている時間は…………時間が……ない？　そうか、時間がないのなら――――

恥ずかしそうに俺を待つ花宮の肩《かた》をそっと掴む。

「なぁ花宮……今、少しだけ話してもいいか？」

花宮は閉じていた目を開けると、不安そうに言う。

「……話？　ゴメンね、それより今は花火が……。花火……もう終わっちゃうよ…………」

花宮は明らかに焦《あせ》っている様子で遠くの空に上がる花火を横目でチラチラと確認している。そんな花宮を見て確信する。

推測は間違っていなかった。

俺に与えられたミッションは《花火が終わるまでに花宮にキスをする》というものだ。時間制限があるということを、花宮は知っている。知らないのなら焦る必要はないからだ。

花宮ハナもまた、俺と同様アオハコのミッション中……ということは、文化祭ミッション・・・は成功していたということになる。それは同時に、あのとき、俺がアオハコから奪われた・・・ものは、実は奪われていないということを意味する。

正しい青春の送り方なんて未《いま》だにわからない。だけど、このままアオハコの指示に従うのも、従わないのもどちらも正しい青春だとは思えない。

だから俺は、もうひとつの選択肢を実行すべく、焦る花宮を前にスマホを取り出す。

「……ユウ……花火……もう。私なら……いいから……。大丈夫だから………」

そう言って俺の服の裾《すそ》をギュッとにぎる花宮。

「まだ花火は終わってない。なぁ……あの約束ってまだ生きてるか？」

「……やく……そく……？」

「あぁ、この花火が終わるまでは、俺のことを信じて欲しい。俺の言うことに黙って従って欲しいってやつ」

「ユウ……なにを言って――」

途中まで言いかけた花宮は俺の真剣な顔を見るとなにかを察し、ほんの一瞬考えた後、瞳にグッと力を入れ頷いた。その眼は『ぜんぶ任せる』と言ってくれているようで、俺がこれからやろうとしていることに勇気をもらった気がした。

俺は、わるいな、と呟くとスマホの画面を立ち上げ急いでアオハコを起動する。

花火が何十発も連続で上がり、今日一番の盛り上がりを見せていた。多分アレが今日のラスト。

青い箱が開くアニメーションすらもどかしい。

ようやく立ち上がったアオハコのトップ画面を操作し目当てのメニューを開く。

俺の推測が正しければこれでいけるはず。それでも……確実なことなんてなにもない。

これでミッションが達成できない可能性だってある。すべては俺の勘違《かんちが》いってこともある。

何が正しい青春かなんて今でも分からない。

だけどこれが……この選択が、俺が思う『正しい青春』だ！

さっきの操作でひらかれた目当てのメニューを素早《すばや》く操作し、とあるボタンをタップする。それとほぼ同時に、大音量で鳴り響《ひび》いていた花火の音が鳴りやんだ。

――――静寂《せいじゃく》
さっきまであたりを包んでいた花火の音と光から一転。真っ暗になった夜空と、静まりかえった学校の屋上。

ミッションの結果……花宮の夢……二人のこれからの関係……その答えがもうすぐわかる。そう思うと、体が固まって動かない。どちらにせよ俺は選び、花火は終わったんだ……。結果はすぐに来るはず……。

俺と花宮はふたり、互《たが》いに見つめ合ったまま動けないでいた。そのまま数分とも、数十分とも思える時間が経過したような気がするが、多分、実際には数秒だったのだろう。

見つめ合ったまましばらく固まっていると、やがて、ソレはきた。

手の中のスマホが震える。同時に、花宮にもなにかの通知が来たらしく、花宮はスマホを取り出しながらおずおずと言いにくそうに口を開いた。

「花火……終わっちゃった……。あのね……実は私、ずっとユウに言わなきゃいけないことがあって……」

俺の選択は果たして正しかったのだろうか。すべてが俺の思い過ごしってことはないだろうか。大丈夫なはずだ。だけど、確実なことなんて何もない。湧《わ》き上がる不安を心の奥《おく》にグッと押《お》し戻《もど》し、無理やり笑顔《えがお》を作る。

「……あぁ、そのことなら後で。それより今は、アオハコから俺たちになにが届いたか確認しようぜ」

「俺たち……って……ユウ、もしかして気付いて……たの……？」

あえて答えないことで花宮の質問を肯定《こうてい》しつつ、自分のスマホからアオハコを開く。

「一緒《いっしょ》に見てみようぜ、アオハコからなにがきたか。ほら」

花宮はコクリと頷くと俺の隣に立ち、二人、互いの息づかいが聞こえそうな距離まで顔を寄せ合い画面を凝視《ぎょうし》する。

そこに書かれていたのは――

ミッション　二人の結末は　　達成
凪野ユウケイ、花宮ハナの両名はミッションを達成しました。
獲得ＳＰ　1,000,000

俺の隣、直ぐ近くの花宮から息を飲む音が聞こえる。

「ユウ……これって……？　だって、私たちなにも……達成……？」

念のため、花宮のスマホも確認するよう促《うなが》すと、向こうにも同じメッセージが届いていた。作戦はどうやら成功だったらしい。それに、花宮の方にだけ個人ミッションの達成を知らせるメッセージも届いており、ソチラの方では二五万ＳＰを獲得していた。

俺はほっと胸を撫《な》で下ろすと、ひとつ大きく息を吐《は》く。

「あぁ、なんとか……な。ミッション達成だ。達成……というより、そういう権利を俺が買ったんだけどな」

「買っ……た……………？　それってどういう……。だ……だって私たち……その……してないよ……？　キ……キス……」

ミッションが終わった安心からか、花宮はもう隠そうともせず話している。

花火が終わる直前。俺が何をしていたのかと言うと……あの時、俺はアオハコの報酬欄《ほうしゅうらん》から《ミッションクリア権》を今まで獲得してきたSPと交換《こうかん》していた。

花宮がまだアオハコのテスターだということは、つまり、あの文化祭ミッションは失敗していなかったということになる。

文化祭終了時。俺はSPを減算され、アプリ上では約十九万ポイントを保有していた。一方花宮はポイントがマイナスになりテスター権限が剥奪されたと……そう思《おも》い込まされていた。

だが、花宮がまだテスターだということはあのミッションが失敗していないということ。彼女の権限が失われていないのなら、失敗時に減算された五十万ポイントも失っていないのではないかと考えた。

報酬《ほうしゅう》に追加された権利の中にあった《ミッションクリア権》の交換に必要なSPは五十万ポイント。減算されたはずのポイントが残っていれば問題なく交換できる――――それに、どうせSPの使い道など決まってないのだ。自分が正しいと感じたコトに使うのも悪くない。

そう考え、花火が終わる直前《報酬》から《クリア権》を選び交換をタップしていた。

そのことを花宮に説明すると、最初はぽかんとした顔で聞いていたが、すべてを理解したときには晴れやかな笑顔になっていた。

「全部気付いてたんだね……。気付いてて、それでもそこまで考えてくれて。最後の最後まで私のことを……。私……知ってたの」

花宮は申し訳なさそうに俺にスマホの画面を見せた。

「文化祭が終わったとき、コレが届いて……」

極秘《ごくひ》ミッション

花宮ハナは今この瞬間より、凪野ユウケイとのマッチングが解消された振《ふ》りをしてください。

文化祭ミッションの失敗で花宮ハナのテスター権限が剥奪されたと凪野ユウケイに伝えました。

凪野ユウケイにはこれから、花火大会の日に様々な指示に従いながら、花火が終わるまでに花宮ハナとキスをするというミッションを与え、達成できれば花宮ハナが復帰できるとお伝えする予定です。

当日は凪野ユウケイの行動を見守り、可能な限り彼《かれ》の言う通りにしてください。

なお、このことを凪野ユウケイに伝えた時点で両名のミッションは失敗となりますのでご注意ください。

おおかた俺の予想通りだった。花宮もまた、俺と同じようにアオハコのミッションに従っていたのだ。

花宮の口から堰《せき》を切ったように言葉があふれる。

「私、全部知ってた……！　でも、見てるしかできなかった……。ユウが一生懸命なの、私ずっと見てた！　私を復帰させるために……ユウ、すごく頑張《がんば》ってくれて……ううん、今日だけじゃない……ずっとユウは――」

花宮はそこでいったん言葉を止める。

目を閉じ、胸に手を当てて大きく息を吸い込《こ》むとほんの一瞬だけ息を止めた。そして、心の中にあった今までの重苦しい全て……俺に隠さなければいけなかった個人ミッションのこと。メインミッションの成否。花宮ハナという人間をクラスで出せないでいた閉塞感《へいそくかん》。与えられた環境《かんきょう》では叶《かな》えるのが難しい将来の夢。そんな重苦しい全てを体の外へ解き放つよう、静かに、ゆっくりと息を吐き、全て吐ききると同時に俺の方を見た花宮は、夏のサイダーグラスの中ではじける泡のような笑顔だった。

「――ユウは距離ミッションの時も解決法を考えてくれたし、文化祭の時だって私のことをみんなに伝えようとしてくれた。怖かった私の隣にいてくれた。ずっとずっと、私、ユウに引っ張られてるって思ってた……。今日も、今までも……。本当にありがと。屋上に着いて、ユウのスマホに最後のミッションが届いた時、キスできないって言ってたよね。あれって、私に気を遣ってくれたんでしょ？」

「あぁ……アオハコにしたがってキスするなんて、上手《うま》く言えないけど……何かが間違《まち が》ってるって感じたんだ」

「……私、このミッションが届いた時からずっと迷ってたんだ。ミッションだからって、キスするのいいのかなぁって。だ、だって……キ……キスなんてしたことなかったし……」

そう言って恥ずかしそうに視線を逸《そ》らす花宮。

「屋上に着くまでずっと迷ってた。でも、今日のユウを見てたら、あぁ……この人とならいいな……って思った……。も、もちろん、ユウがいいならだけど……。そう思ってたら、ユウが気を遣ってくれてるのわかったから……。だから、今、勇気を出すのは私の番って思って目を閉じた。……ねぇユウ。私があの時、なにを考えてたかわかる？」

黙《だま》って首を振る俺に、花宮は続ける。

「目を閉じてユウを待ってる時ね、ミッションさえなければなって思ってた。ミッションのためにキスするみたいになっちゃうな……って。そんなつもりじゃなくっても、勝手に手の中に押し込まれた打算みたいで。そんなの、このキスには要《い》らないのにな……って。そもそも、ミッションが無ければこんなことしてないのにね、おかしいよね。だけど、ユウは最後までユウでいてくれた――」

夏の夜。学校の屋上。

「――ありがとう。私、ユウと出会えてよかった。青春も夢も、まだあきらめなくていいみたいだ……。全部ユウのおかげ……。だから――」

遠くからさっき終わった花火の匂《にお》いが風に乗ってほのかに香る。

「――これからも、私と青春してください」

サイダーの泡《あわ》がまたひとつ、目の前で嬉《うれ》しそうにパチンとはじけた。

「…………ねぇ、ユウ。そう言えば、ダメだったらどうするつもりだったの？」

学校の屋上。ミッションをクリアし、ひとしきり喜び合った俺たちは帰るため、元来たドアの方へと歩き出そうとしたところで花宮が言った。

「ユウの推測通り、クリア権が無事買えたからクリアできたけど、もし、ポイントが凍結《とうけつ》されてたり、このミッションが終わるまでは使えないとかだったら、ユウはどうしてた？」

首をかしげる花宮に俺は返す。

「あー……一応そこも考えた。でも、その時はもう、花宮には悪いけどアオハコと決別するつもりだった。獲得したポイントを黙って隠したのはミッション進行のためにまだ理解できる。でも、それを使えなくするなんて汚《きたな》いマネをするアプリなら、これ以上使わない方がいいと思った。だけど、無事使えたみたいだ」

「そっか……そうだね。だけどもし、アオハコがポイントを使えなくしてて、ミッションがクリアできなくって、二人がテスターじゃなくなっても……ユウはまた、一緒に考えてくれるんでしょ？」

「あー……まぁそう……だな。その時はまたなんか考えるよ」

俺たちの間を夏の生温かい夜風が通り抜《ぬ》ける。

「うん……ありがとう。よーし、そろそろ行こっか。早くしないと先生たち帰っちゃうかもしれないし、見つからないうちに」

花宮はくるっと俺に背を向けると、足早に屋上の出入り口のドアへと向かう。

俺は花宮の遠ざかる背中に返事をしながら、そういえばアオハコに言っておきたいことがあるのを思い出し、そっとスマホを取り出すと口を近づける。

「……なぁ、アオハコ。お前がもし、今日みたいに俺の思う正しい青春から外れたミッションを出してくるようなら、俺はどんな手を使ってもそれを回避《かいひ》するし、権限だって剥奪されない方法を探す。お前がまたおかしなミッションを与えてきても、俺は、お前の提示する正しい青春を超《こ》えてやる……。まぁ、なにが正しいのかなんて、まだわかんないんだけどな。……だから」

俺はそこまで言うといったん言葉を止め夜空を見上げる。

「せいぜい仲良くやろうぜ」

当然というべきか、アオハコは何の反応も示さなかった。

「…………ったく、聞こえてねーか」

「ユウー、早く行かないと本当にカギしまっちゃうよ、はやくはやくー」

屋上の出口でこちらに手招きをする花宮を見ながら、さっき花宮が言っていたことがふと気になった。ミッションさえなければなぁ……ってキスを受け入れてたけど、それって……俺の頑張りを見てついそう思ったのか……それとも俺のことを………。

「……なぁ花宮。ひとつ聞いていいか？」

ドアノブに手をかけ首をかしげる花宮に問いかける。

「さっき言ってたアレなんだけど――――」

そこまで言いかけて言葉を止めた。

出会った時。一人で先に屋上を去った花宮が、今はこうして待ってくれている。今はそれで十分な気がした。

「なに？」

「いや、いい。大丈夫だった」

花宮は少しの間不思議そうな顔をしていたが、すぐににっこりと笑うと俺を手招きした。

「ねぇ、早く行こっ。あ……そういえばユウ……靴《くつ》取りに行かなきゃじゃない？」

「あー……そういやそうだったな……めんどくせー……」

――花宮ハナ。

「あはは、一緒に行こっか。もう一度あの道登るのかー……お化け出ないよね……？」

「それはどうだろうな」

――彼女がこんな風に笑うなんて、きっと、俺しか知らない。

「大丈夫、ユウと一緒なら怖くない……はず……。その時はまた、手、繋《つな》いでね」

今はそれで満足だ。

次にどんなミッションが来ても、俺たち二人なら乗り越《こ》えて行ける。俺と、花宮ハナの二人なら。

こうして、夏の思い出がひとつ、俺たちの青春に刻まれた。

青春ポイント残高　凪野ユウケイ　1,195,400　（獲得累計1,700,500）
　　　　　　　　　花宮ハナ　　　1,700,400　（獲得累計1,700,500）

◆

夏の夜空に打ち上がる花火が遠くに見えた。

毎年、自分の部屋の窓から見るこの花火が好き。

お祭りに出かけ、夜店で買い物をして大勢の人の中で見る大輪の花火もいいけど、こうして自分の部屋から遠くに見える花火が好き。

遠くの空。

開けた窓から吹《ふ》き込んでくる夏のあたたかい風。

小さく見える花火。

遅《おく》れて聞こえる音。

部屋の電気を消して。目を凝《こ》らして。耳を澄《す》ませる。

こうしてると、いつもの自分の部屋がまるで今日だけ別の世界になったような気持ちになれる。だから、こうして見る花火が……アタシは好き。

でも、今年の花火はあんまり見る気になれなかった。

「今日の花火……もし、ユウにい誘《さそ》ってたら……来てくれたかな……」

何度も声を掛《か》けようと思った。

でも、そんなとき決まって頭に花宮さんのことがチラついて、結局声を掛けられなかった。

あの一件からずいぶん大人しくなっちゃったユウにいが、最近、活動的になってるって親から聞いた。

どうしてだろ。花宮さんの影響《えいきょう》なの……かな……。アタシじゃやっぱり、無理……なのかな……。

もしかして今頃《いまごろ》ユウにい、花宮さんと二人で花火……見てたりするのかな……。

そう考えて、アタシはブルブルっと首を横に振った。考えたくない想像が頭の中いっぱいにひろがってきそうだったから。

そんなことないよね。

仲良さそうだったけど、付き合ってるわけじゃなさそうだったし……。

ん……考えるの、やめよ……。

窓の向こう。遠くの空に打ちあがっている花火がちょうど最後の盛り上がりを見せていた。連続で何発も打ちあがる花火。おなかに響く重たい音。

やがて空から花火が消え、音も聞こえなくなった。

「終わっちゃった……な……」

なんとなく――

花火が終わったのが、アタシの中のなにかも一緒に終わってしまったようで、もの悲しい気持ちに沈《しず》んでいく。

「諦《あきら》めた方がいい……の……かな………。言わない方がいいのかな……。もう、わかんないよ……。わかんないいんだよ……！」

花火が終わり真っ暗になった空をぐじゃぐじゃな気持ちで眺《なが》めてたら、目に涙《なみだ》が溜《た》まってくる。

アタシは――

アタシはユウにいが好き。

付き合いたい。手を繋ぎたい。キスしたい。

もっと先のことまでだって、ユウにいとなら大丈夫。

でも、告白してフラれたら。気持ち悪いって思われたら。

ずっと兄妹《きょうだい》みたいに過ごしてきて、そんな気持ちになれないって言われたら。

ソコで、アタシとユウにいの全部が終わっちゃう。

そんな終わった未来が確定するのが怖い。怖い、怖い、怖い。怖くてたまらない。

だから……どうすればいいのか、アタシにはわかんない。わかんないんだ……。

透明《とうめい》な涙がひとつ、勝手にアタシの目から零《こぼ》れ落ちたその時。ベッドに置いてあったスマホが震えた。

スマホを手に取り、内容を確認してアタシは目を丸くする。

　青春マッチングアプリ　アオハコ　のインストールが完了しました。

「なに……コレ…………」

続けて通知が届く。

　ミッション　言えない想《おも》いの伝え方

あとがきにかえて

四月。誰もいない放課後の教室。書類を壁にピンで留めながら、桜の花びらが舞い散る校庭を教室の窓から眺めてたら自然とため息がひとつ。

『早速で悪いんだけどこれ頼まれてくれる？　新クラス委員さん』

貼り終わった掲示物を見るともなく見てると喉から声がもれた。

「また選ばれちゃったな……。これで何年連続なんだろ……」

新しいクラスになって最初のＨＲでクラス委員に選ばれた。毎年、自然とそういう雰囲気になっちゃう。

「なんでなんだろうなぁ……………。私はただ――――」

普通に過ごしたい。クラスの中にいる普通の、ひとりの女子としてみんなと青春したり、下らない事で笑ったりしたい。でも、みんなが私をそう見てくれないことはこれまでの学生生活でイヤというほど肌で感じてる。だから私も、自然とみんなの思う私でいないといけない、そう思うようになっていって……。今ではもう、それが自然だって感じる。

でも――

「ちょっと、疲れちゃうな………」

小さく吐き出したため息を、春の風がどこかへ連れ去っていく。ため息と一緒に私も連れてってくれたらいいのに。もしかしたら最近スマホに勝手にインストールされた変なアプリが、私にも普通の青春を送らせてくれたりしないかな……。

浮かない顔でそんなことを考えてると、ひとりの男子が教室へ入ってきた。

「あ、ど、どうしたの？　えと……凪野くん……だよね？」

瞬間的に笑顔を作る。いつもの笑顔。

「あぁ、ちょっと忘れ物。花宮はなにしてんの？」

「先生に頼まれて。コレを……」

笑顔でさっき貼った紙を指差す。笑顔笑顔。いつもの笑顔。でも、凪野くんは机から忘れ物を取りカバンに入れながら掲示物を確認すると、私の笑顔とは対照的に露骨に嫌な顔で呟いた。

「うわ……。これ、あの担任が考えたのか………」

さっき貼った掲示物に混じっていた一枚の紙。担任が考えたであろうスローガン。そこには『ふんばれ青春』の文字。

「なんだよこのセンス……。今からクラス変更って出来ねーかな」

凪野くんの返しに思わず『だよね、私も一緒に頼みに行こうかな』と言いそうになったけど、昼まで出かかった言葉を飲み込み、花宮ハナならきっとこう返すであろう台詞を口にする。

「無理むり、一年間はこのクラスでふんばってもらわなきゃ」

「ま、花宮もふんばれよ。それじゃ」

「うん、また明日」

教室を出て行く彼の姿を目で追いながら、クラス委員決めの時の事を思い出す。

四月。誰もいない教室。桜。温かい風。ふわりと揺れる白いカーテン。

「凪野くん…………か」

――――これは、私が青春を始めるちょっとだけ前の話。

と、いう事で本物のあとがきです。

この作品をより良いものにする為にたくさんの助言をくださった編集のK様。
素敵なイラストを提供していただいた植田亮様。表紙の青さが大好きです。
この本に係わっていただいた関係者のみなさま。

そして、この本を手に取ってくれたあなたへ。

本当にありがとうございます。
またお目にかかれる日を楽しみに。それでは！

江ノ島アビス

HJ文庫 https://firecross.jp/
1166

青春マッチングアプリ 1

2024年5月1日　初版発行

著者――江ノ島アビス

発行者―松下大介
発行所―株式会社ホビージャパン

〒151-0053
東京都渋谷区代々木2-15-8
電話　03(5304)7604（編集）
　　　03(5304)9112（営業）

印刷所――大日本印刷株式会社

装丁――BELL'S GRAPHICS／株式会社エストール

ISBN978-4-7986-3531-6　C0193

ファンレター、作品のご感想
お待ちしております

〒151－0053　東京都渋谷区代々木2－15－8
(株)ホビージャパン HJ文庫編集部 気付
江ノ島アビス 先生／植田 亮 先生

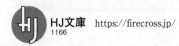